AF554936

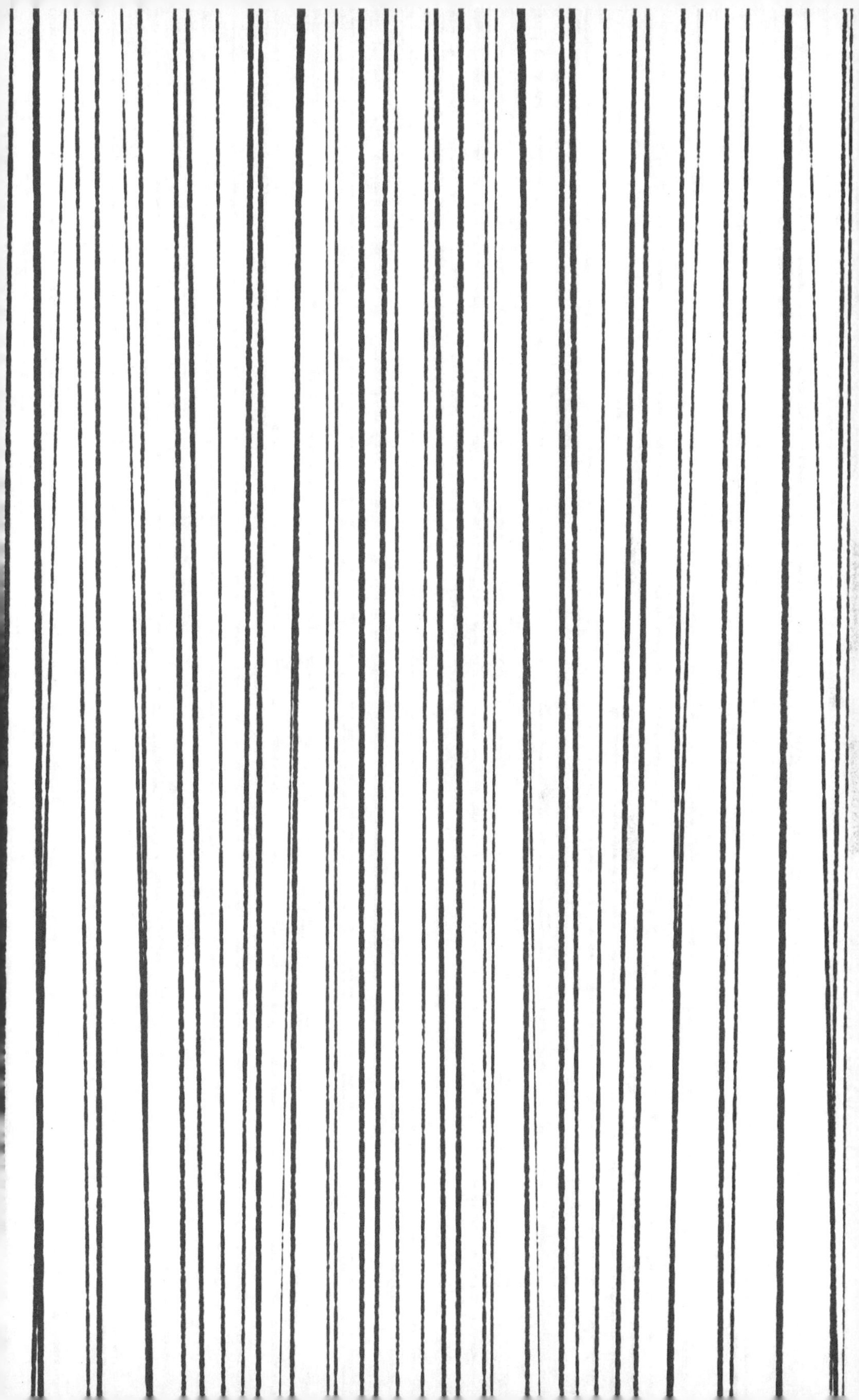

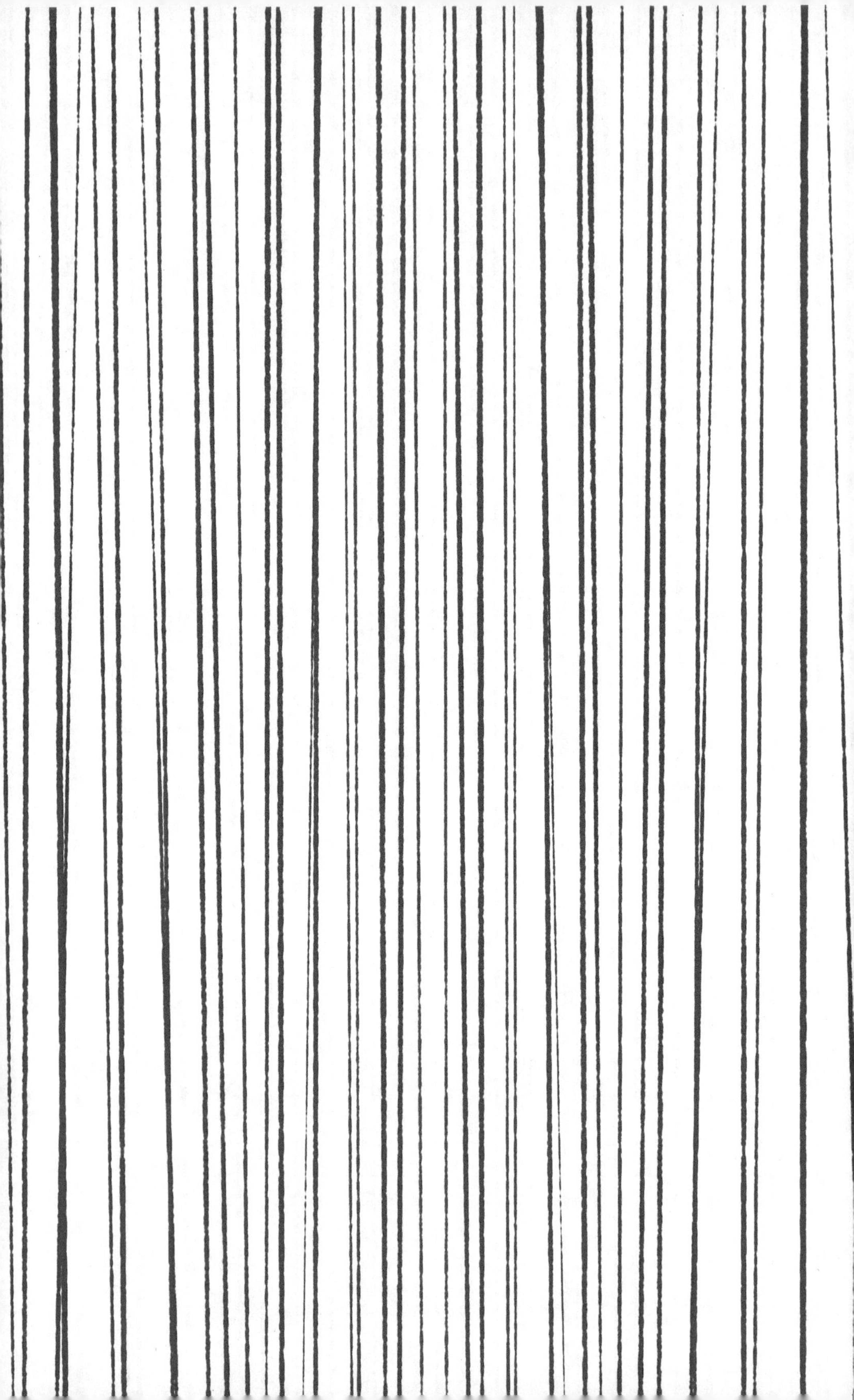

Zweig, Stefan. Una partida de ajedrez / Stefan Zweig. - 2a ed -
Ciudad Autónoma de Buenos Aires : EGodot Argentina, 2021.
120 p. ; 23 x 15 cm. Traducción de: Nicole Narbebury.

ISBN 978-987-8413-19-8

1. Literatura Austríaca. I. Narbebury, Nicole, trad. II. Título.

CDD 839

Título original Schachnovelle

Traducción Nicole Narbebury
Corrección Natalia Ribas y Mariana Gaitán
Diseño de colección y tapa Francisco Bó
Ilustración de tapa y guardas Juan Pablo Dellacha
Diseño de interiores Víctor Malumián

www.edicionesgodot.com.ar
info@edicionesgodot.com.ar
Facebook.com/EdicionesGodot
Twitter.com/EdicionesGodot
Instagram.com/EdicionesGodot
YouTube.com/EdicionesGodot
Buenos Aires, Argentina, 2021

Impreso en Porter, Plaza 1202,
Ciudad Autónoma de Buenos Aires,
República Argentina, en abril de 2021

Una partida de ajedrez

Stefan Zweig

Traducción
Nicole Narbebury

El ajetreo y el movimiento habituales de la última hora reinaban a bordo del gran transatlántico que debía partir a medianoche desde Nueva York rumbo a Buenos Aires. En la orilla se amontonaban los allegados para acompañar a sus amigos; los repartidores de telegramas, con sus gorras torcidas, gritaban nombres por los salones de los barcos. Se arrastraban valijas y flores. Los niños subían y bajaban curiosos por las escaleras, mientras la orquesta tocaba imperturbable acompañando el espectáculo en cubierta. Yo estaba parado charlando con un conocido, un poco apartado de ese tumulto, sobre la rambla de la cubierta, cuando al lado nuestro resplandecieron dos o tres intensos flashes. Al parecer, algún famoso estaba siendo entrevistado y fotografiado por periodistas justo antes de partir. Mi amigo miró hacia ahí y sonrió:

—Ahí a bordo tienen a un espécimen raro, al Czentovic.

Como por lo visto puse cara de que no estaba entendiendo nada de esta noticia, agregó a modo de explicación:

—Mirko Czentovic, el campeón mundial de ajedrez. Se recorrió todos los Estados Unidos, de este a oeste, participando en torneos, y ahora viaja a la Argentina esperando obtener nuevos triunfos.

En efecto, recordé el nombre de este joven campeón e incluso algunas particularidades de su carrera, tan rápida como un meteorito. Mi amigo, un lector de diarios más atento que yo, pudo completar mi recuerdo con toda una serie de anécdotas. Hace casi un año, Czentovic había llegado a estar de repente a la altura de los más renombrados maestros del arte del ajedrez, como Alekhine, Capablanca, Tartakower, Lasker, Bogoljubov. Desde la presentación del niño prodigio Reshevsky, de siete años, en el torneo de ajedrez de Nueva York en 1922, la irrupción de un completo desconocido en el glorioso gremio nunca había causado tanto alboroto, ya que las virtudes intelectuales de Czentovic no parecían presagiarle en absoluto una carrera tan perfecta de entrada. Pronto se filtró el secreto de que este maestro del ajedrez no era capaz de escribir en su vida privada una oración en ningún idioma sin faltas de ortografía y, tal como se burló rencorosamente de él uno de sus colegas enojados, "su ignorancia era igual de universal en todas las materias". Hijo de un paupérrimo navegante sudeslavo del Danubio, cuya barca diminuta había sido atropellada una noche por un barco de vapor de carga de cereales, el niño de doce años en ese entonces, tras la muerte de su padre, fue adoptado por lástima por el cura de ese apartado lugar, y el bondadoso cura hizo sus más sinceros esfuerzos para compensar con clases particulares lo que el niño taciturno, insensible y de frente ancha no era capaz de aprender en la escuela del pueblo.

Sin embargo, todos sus esfuerzos eran inútiles. Mirko seguía mirando con extrañeza los caracteres que ya le habían sido explicados cien veces. Incluso a su cerebro, que trabajaba lentamente, le faltaba fuerza para retener hasta los temas más simples. A los catorce años, cada vez que tenía que contar, recurría a sus dedos para ayudarse, y leer un libro o un diario seguía significando para el niño ya adolescente un particular esfuerzo. De ninguna manera se lo podía calificar a Mirko de reacio o rebelde. Hacía obedientemente todo lo que se le pedía, iba a buscar agua, cortaba madera, trabajaba en el campo, ordenaba la cocina y cumplía fiablemente toda tarea que se le asignara, aunque con una inquietante lentitud. Pero lo que más le molestaba al bondadoso cura respecto del muchacho cabeza dura era su total falta de interés. No hacía nada sin que se lo exigieran específicamente, nunca hacía preguntas, no jugaba con otros chicos ni buscaba por sí solo una actividad, salvo que se le ordenase de manera expresa. No bien Mirko terminaba con los quehaceres domésticos, se quedaba sentado en su cuarto, sin moverse, con la mirada vacía, como la que tienen las ovejas en los pastizales, sin interesarse en lo más mínimo por lo que sucedía a su alrededor. Mientras por las noches el cura, fumando con placer su larga pipa de campesino, jugaba sus tres habituales partidas de ajedrez contra el jefe de gendarmería, el muchacho apático de mechones rubios se quedaba sentado al lado y miraba bajo sus pesados párpados, al parecer somnolientos e indiferentes, el tablero cuadriculado.

Una tarde de invierno, mientras los dos jugadores estaban inmersos en su partida cotidiana, sonó la campana de un trineo que se acercaba cada vez más rápido por las calles del pueblo. Un campesino con la gorra llena de nieve entró a toda prisa pisando fuerte, diciendo que su vieja madre estaba al borde de la muerte y que el cura se tenía que apurar para darle a tiempo la última unción. Sin dudarlo, el cura lo siguió. El jefe de gendarmería, que no había terminado de tomarse su vaso de cerveza, volvió a prender su pipa a modo de despedida y, cuando se preparaba para ponerse las pesadas botas altas, se dio cuenta de que Mirko estaba mirando fijamente el tablero con la partida empezada.

—¿Y...? ¿Te gustaría terminarla? —bromeó, convencido de que el somnoliento niño no sabría mover correctamente ni una sola pieza en el tablero.

El nene observó con timidez, luego asintió con la cabeza y se sentó en el lugar del cura. Después de catorce jugadas, el jefe de gendarmería había sido derrotado, y además tuvo que reconocer que no había perdido debido a un movimiento accidentalmente descuidado. La segunda partida no resultó distinta.

—¡Burra de Balaam! —exclamó sorprendido el cura al regresar, y le explicó al jefe de gendarmería, que era menos creyente, que hacía dos mil años había ocurrido un milagro similar, cuando una criatura muda había encontrado de repente el lenguaje de la sabiduría.

A pesar de que ya era tarde, el padre no pudo contenerse y desafió a su semianalfabeto fámulo a un mano a mano. Mirko le ganó con facilidad. Jugaba de forma obstinada, lenta, estoica, sin levantar ni una sola vez la ancha frente inclinada sobre el tablero. Pero jugaba con una seguridad indiscutible. En los días siguientes, ni el jefe de gendarmería ni el cura fueron capaces de ganarle una sola partida. Al cura, que estaba mejor capacitado que cualquier otra persona para juzgar el atraso particular de su pupilo, le intrigaba ahora seriamente hasta qué punto ese extraño y exclusivo don soportaría una prueba más exigente. Después de que el barbero del pueblo hubiera cortado las mechas despeinadas y muy rubias de Mirko para dejarlo medianamente presentable, el cura lo llevó en su trineo a la pequeña ciudad vecina; sabía que allí, en el café de la plaza principal, se encontraban en una esquina apasionados jugadores de ajedrez, a quienes, con su experiencia, nunca había podido vencer. No causó mucho asombro en la ronda habitual de jugadores cuando el cura apareció en el café con el niño de quince años, muy rubio, con los cachetes colorados, que tenía puestas una piel de oveja al revés y unas botas grandes y pesadas. El joven se quedó parado en un rincón, sorprendido y con los ojos alicaídos por timidez, hasta que lo llamaron desde una de las mesas de ajedrez. En la primera partida, Mirko perdió, porque no había visto nunca la llamada defensa siciliana en la casa del buen cura. En la segunda partida, pudo hacer tablas contra el mejor jugador. A partir de la tercera y la cuarta, les ganó a todos, uno tras otro.

Es bastante raro que pasen cosas emocionantes en un pequeño pueblo sudeslavo, por eso la primera aparición de este rústico campeón se convirtió en una sensación para los notables reunidos. Se decidió por unanimidad que era indispensable que el niño prodigio se quedase hasta el día siguiente en la ciudad, para que se pudiera convocar a los otros integrantes del club de ajedrez y, principalmente, para avisarle en su castillo al viejo conde Simiczic, un fanático del ajedrez. El cura, que por primera vez observaba a su pupilo con un orgullo completamente nuevo pero que, a pesar de su alegría por el reciente descubrimiento, no quería perderse la misa obligatoria del domingo, estuvo dispuesto a dejar a Mirko para una siguiente prueba. El joven Czentovic fue alojado en el hotel por cuenta del club de ajedrez y esa noche vio por primera vez en su vida un cuarto de baño.

Al día siguiente, domingo por la tarde, el salón de ajedrez estaba lleno de gente. Mirko, sentado durante cuatro horas frente al tablero sin moverse, venció a un jugador tras otro, sin decir ni una palabra, o bien solo levantando la mirada. Al final, se le propuso jugar unas simultáneas. Tardaron un rato para hacerle entender al no instruido que en una partida simultánea él debía enfrentarse contra varios jugadores al mismo tiempo. Pero no bien Mirko comprendió el modo de jugar, se adaptó rápidamente al reto, pasando lentamente de mesa en mesa, arrastrando sus pesados y ruidosos zapatos, hasta que ganó siete de ocho partidas.

Entonces empezaron largas deliberaciones. A pesar de que este nuevo campeón no pertenecía, en el sentido más estricto de la palabra, a la ciudad, el local orgullo nacional se había encendido con fervor. Tal vez la pequeña ciudad —cuya existencia en el mapa, por ahora, casi nadie había notado— podía darse por primera vez el honor de enviar a un famoso a recorrer el mundo. Un agente apellidado Koller, quien solo contrataba cupletistas y cantantes mujeres para el cabaret de la guarnición militar, estuvo dispuesto a conseguir que el niño fuera instruido profesionalmente en el arte del ajedrez por un reconocido, excelente y joven maestro en Viena, siempre y cuando se le pagara un subsidio durante un año. El conde Simiczic, que en sesenta años de jugar cotidianamente al ajedrez nunca se había enfrentado a un contrincante tan extraordinario, se comprometió a pagar el importe. Ese día comenzó la increíble carrera del hijo del navegante.

Tras medio año, Mirko dominaba todos los secretos del arte del ajedrez, pero con una extraña limitación, que más tarde fue observada con atención y por la que se convirtió en el hazmerreír dentro del círculo de los profesionales: Czentovic nunca logró jugar ni una sola partida de memoria —o como se diría técnicamente: a ciegas—. Le faltaba por completo la capacidad de imaginarse el tablero de ajedrez en el campo ilimitado de la fantasía. Siempre tenía que tener a mano los cuadrados blancos y negros con sus sesenta y cuatro casillas y sus treinta y dos piezas; incluso en la cúspide de su fama mundial, llevaba siempre consigo un tablero de bolsillo plegable, por si necesitaba reconstruir una partida o resolver un problema para sí mismo, a fin de poder reproducir las posiciones ante sus ojos. Este defecto, en sí insignificante, revelaba una falta de fuerza imaginativa, y en los círculos más íntimos se discutía tan acaloradamente como si entre músicos un virtuoso o director excelente fuera incapaz de tocar o dirigir sin la partitura frente a sus ojos.

Sin embargo, esta extraña particularidad no retrasó en absoluto el estupendo auge de Mirko. A los diecisiete años, ya había ganado una docena de premios; a los dieciocho, el campeonato húngaro, y finalmente, a los veinte, había conquistado el campeonato mundial. Los campeones más audaces, aun cuando cada uno de ellos lo superaba inmensamente en dones intelectuales, fantasía y audacia, sucumbieron ante su lógica obstinada y fría, al igual que Napoleón ante el obtuso Kutúzov, como Aníbal ante Fabio Cunctator, quien, según Livio, también había mostrado en su juventud similares rasgos llamativos de indolencia e imbecilidad. Así sucedió que en la ilustre galería de los campeones de ajedrez, que reunía en sus filas a los más diversos tipos de superioridad intelectual —como filósofos o matemáticos, naturalezas calculadoras, imaginativas y a menudo creadoras—, se introdujo por primera vez un completo marginado del mundo intelectual, un campesino pesado, taciturno, a quien ni el periodista más ducho pudo sacarle siquiera una sola palabra digna de ser publicada. Sin embargo, Czentovic reemplazó pronto la falta de declaraciones ingeniosas ofreciéndoles a los diarios una buena suma de anécdotas sobre su persona. Porque al segundo que él se levantaba del tablero de ajedrez, donde era maestro sin igual, se convertía de manera irremediable en una figura grotesca y casi extraña. A pesar de su solemne traje negro, su ostentosa corbata con el alfiler de perlas un poco llamativo y sus uñas con una cuidada manicura, seguía siendo, por su comportamiento y sus modales, el mismo campesino limitado que barría la casa del cura. Con torpeza y de una manera desvergonzadamente grosera, intentó sacar provecho monetario de su talento y de su fama, con una codicia mezquina e incluso a veces ordinaria, para entretenerse y hacer enojar a sus colegas. Viajaba de ciudad en ciudad, siempre quedándose en los hoteles más baratos; jugaba en los clubes más lamentables, siempre y cuando le pagasen sus honorarios; se dejaba fotografiar para publicidades de jabones, sin prestar atención a las burlas de sus competidores, que sabían perfectamente que él no era capaz de escribir tres oraciones seguidas de forma correcta; vendió su nombre para que apareciera en una *Filosofía del ajedrez*, que en realidad había sido escrita por un joven estudiante galiciano para un editor hábil en los negocios. Como a todos los temperamentos tenaces, a él le faltaba todo sentido del ridículo. Desde su victoria en el campeonato mundial, se consideraba a sí mismo como el hombre más importante del mundo, y la conciencia de haberles ganado a todos los oradores y escritores inteligentes, intelectuales y brillantes en su propio ámbito y, sobre todo, el hecho evidente de ganar más que ellos transformaron su inseguridad inicial en una fría y por lo general torpe arrogancia.

—Pero ¿cómo no habría de embriagar tan repentina fama a una cabeza tan hueca? —concluyó mi amigo, que acababa de confiarme algunas anécdotas típicas de la prepotencia infantil de Czentovic—. ¿Cómo no iba a tener delirio de vanidad un campesino de veintiún años proveniente del Banato, si, de repente, con solo mover un par de figuras en un tablero de madera, gana más en una semana de lo que gana en un año todo su pueblo con la tala de árboles y los trabajos más precarios? Y además, ¿no es realmente facilísimo considerarse una gran persona cuando uno no tiene ni la menor idea de que hayan existido alguna vez un Rembrandt, un Beethoven, un Dante, un Napoleón? Este chico, con su limitado cerebro, solo sabe que hace meses no pierde ni una partida de ajedrez, y como precisamente no tiene idea de que más allá del ajedrez y el dinero puedan existir otros valores en el mundo, tiene todos los motivos para estar orgulloso de sí mismo.

Estas declaraciones de mi amigo no dejaron de causarme una particular curiosidad. Toda la vida me atrajo ese tipo de personas monomaníacas y obsesionadas con una sola idea, porque cuanto más se limita uno, más cerca está, por otro lado, de lo infinito; precisamente estas personas, en apariencia alejadas de la realidad, construyen, como termitas, con su propio material, un extraño recorte por completo único del mundo. Así fue que no oculté mi intención de examinar bien de cerca a este peculiar espécimen de estrechez intelectual durante mi viaje de doce días a Río.

—Pero no tendrás mucha suerte con eso —me advirtió mi amigo—. Por lo que sé, nunca nadie logró sacarle a Czentovic el más mínimo material psicológico. Detrás de toda su profunda limitación, este astuto campesino esconde la gran astucia de no mostrar su debilidad gracias a su simple técnica de evitar cualquier conversación que no sea con compatriotas de su propio ámbito, que elige en pequeñas tabernas. Donde percibe que hay una persona culta, se mete en su caparazón, así nadie puede jactarse de haberle escuchado decir una estupidez o de haber medido la supuesta profundidad ilimitada de su ignorancia.

De hecho, mi amigo tenía razón. Durante los primeros días del viaje, resultó totalmente imposible acercarse a Czentovic sin terminar siendo impertinente, que en definitiva es algo que no me caracteriza. A veces paseaba por la cubierta, pero siempre con las manos cruzadas detrás de la espalda, con esa actitud orgullosamente profunda, igual que Napoleón en su famoso retrato. Además, él siempre realizaba sus paseos peripatéticos por la cubierta tan apresurado y brusco que uno habría tenido que seguirlo al trote para poder hablarle. En cambio, nunca se mostraba en los salones, en el bar o en la sala de fumadores; como me había informado el mozo a raíz de una consulta confidencial, Czentovic pasaba gran parte del día en su camarote, practicando o recapitulando partidas de ajedrez sobre un enorme tablero.

Después de tres días, realmente empezó a molestarme que su obstinada técnica evasiva fuera más hábil que mi voluntad de acercarme a él. Nunca en mi vida había tenido la chance de conocer en persona a un campeón de ajedrez, y cuanto más me esforzaba en hacerme una imagen de este hombre, más impensable me parecía una mente cuya actividad girara exclusivamente alrededor de un espacio de sesenta y cuatro casillas negras y blancas durante toda una vida. Bien conocía, por propia experiencia, la atracción misteriosa del "juego de reyes", este juego único entre todos los juegos creados por el ser humano, que se evade soberanamente de toda tiranía del azar y que le atribuye el laurel de la victoria solo a la mente o, más bien, a una forma determinada de talento intelectual. Pero decir que el ajedrez es un juego ¿no implica una degradación humillante? ¿Acaso no es también una ciencia, una técnica, un arte que oscila entre estas categorías, como el ataúd de Mahoma flota entre el cielo y la tierra? ¿No es una conexión única entre todos los pares opuestos: muy ancestral, pero a la vez eternamente nuevo; mecánico en la construcción, pero solo efectivo a través de la fantasía; delimitado en un espacio geométrico y a la vez ilimitado en sus combinaciones; que se reproduce de manera constante, pero es estéril; un pensamiento que no conduce a nada, una matemática que no calcula nada, un arte sin obras, una arquitectura sin sustancia, pero que no deja de ser comprobadamente más perdurable en su esencia y su existencia que todos los libros y todas las obras; el único juego que pertenece a todos los pueblos y tiempos y del que nadie sabe qué Dios lo trajo al mundo para matar el aburrimiento, para agudizar los sentidos y expandir el alma? ¿Dónde empieza y dónde termina? Cualquier niño puede aprender sus primeras reglas, cualquier aficionado puede intentarlo mucho, y sin embargo solo el ajedrez es capaz de crear dentro de ese estrecho cuadrado inalterable una especie particular de maestros, incomparables con todos los otros, personas con un don único, genios específicos, cuya visión, paciencia, técnica se distribuyen en proporciones determinadas, al igual que en los matemáticos, poetas, músicos, solo que en otra estratificación y combinación. En tiempos pasados de pasión por la fisonomía, es probable que un Gall hubiera diseccionado los cerebros de tales maestros del ajedrez para comprobar si en esos genios existía una sinuosidad particular en la materia gris del cerebro, una especie de músculo del ajedrez, o una protuberancia ajedreciana más intensamente desarrollada que en otros cráneos. Y cuánto le hubiera atraído a dicho fisonomista el caso de un Czentovic, en quien esta genialidad específica parece estar inmersa dentro de un absoluto letargo intelectual, como un único hilo de oro en un quintal métrico de una roca estéril. En principio, yo ya había comprendido el hecho de que un juego como este, en su estilo único y genial, creara a sus propios campeones, pero qué difícil, qué imposible es imaginarse a una persona intelectualmente activa cuya vida se reduce solo a la distancia en la estrecha dirección entre el negro y el blanco, a buscar sus triunfos en la vida en un mero ir y venir, adelantar y retroceder de sus treinta y dos piezas, una persona para quien iniciar una partida moviendo el caballo en vez del peón supone un logro, y su mísero rinconcito significa inmortalidad en los renglones de un libro de ajedrez; una persona, ¡una persona intelectual que, sin volverse demente, durante diez, veinte, treinta, cuarenta años de su vida, sigue dedicando una y otra vez toda su energía mental a la ridícula misión de acorralar a un rey de madera en un tablero de madera!

Y ahora, por primera vez, tenía tan cerca de mí a uno de estos fenómenos, uno de estos genios peculiares o payasos misteriosos, estaba a solo seis camarotes de distancia en el mismo barco, pero yo, un desafortunado, siempre degenerando la curiosidad por las cuestiones intelectuales en una especie de pasión, parecía que no era capaz de acercarme a él. Empecé a imaginarme los engaños más absurdos: por ejemplo, alabar su vanidad simulando que lo quería entrevistar supuestamente para un diario importante, o alimentar su codicia proponiéndole un torneo lucrativo en Escocia. Pero, al final, me acordé de que la técnica más eficaz de los cazadores es atraer directamente al urogallo, y eso se logra imitando su grito de cortejo. En realidad, ¿qué puede ser más eficaz para atraer la atención de un campeón de ajedrez que el mismísimo juego de ajedrez?

Nunca en mi vida fui un artista serio del ajedrez, por la simple razón de que siempre me dediqué meramente a jugarlo a la ligera y solo por placer; cuando me siento durante una hora frente al tablero, no lo hago de ninguna manera para esforzarme, sino todo lo contrario, lo hago para eximirme del esfuerzo mental. Yo "juego" al ajedrez en el sentido más literal de la palabra, mientras que los otros, los verdaderos jugadores de ajedrez, "enserian" el ajedrez, para introducir un neologismo osado en nuestro idioma. Pero, en el ajedrez, como en el amor, es indispensable tener una pareja, y en ese momento todavía no sabía si había a bordo, además de nosotros, otros amantes del ajedrez. Para sacarlos de sus cuevas, puse una trampa primitiva en la sala de fumadores: me senté frente a un tablero de ajedrez con mi esposa, a pesar de que ella jugaba peor que yo, y estuve al acecho. Y, en efecto, no habíamos llegado a hacer ni seis movimientos cuando una persona se quedó parada al pasar y una segunda persona pidió permiso para mirar; por último, se presentó el compañero deseado, que me desafió a una partida. Se llamaba McConnor y era un ingeniero civil escocés que, según tengo entendido, había hecho una gran fortuna con los pozos de petróleo en California. De aspecto, era un hombre robusto con una mandíbula recia y casi cuadrada, dientes fuertes y tez de un color vivo, cuyo pronunciado rubor se debía, probablemente, o al menos en parte, al abundante consumo de whisky. La espalda muy ancha y con una vehemencia casi atlética, por desgracia, también revelaba su carácter durante el juego, porque este señor McConnor pertenecía a la clase de hombres exitosos obsesionados con ellos mismos, que incluso en el juego más insignificante perciben una derrota como una ofensa a su propio concepto personal. Acostumbrado a imponerse en la vida de una manera desconsiderada y obnubilado por su éxito real, este *self-made man* estaba tan impávidamente convencido de su superioridad que cualquier resistencia le causaba una indignación impertinente y casi una ofensa. Al perder la primera partida, se puso de mal humor y empezó a explicar con detenimiento y de forma dictatorial que eso solo había podido ocurrir por una distracción momentánea; al perder la tercera partida, lo atribuyó al ruido de la sala de al lado. No estaba dispuesto a perder una partida sin exigir la revancha de inmediato. Al principio, me divertía ese apasionamiento ambicioso, pero al final lo consideré más bien como un efecto colateral inevitable para mi verdadero objetivo, que era lograr atraer al campeón mundial a nuestra mesa.

Al tercer día lo conseguí, pero a medias. Ya fuera porque Czentovic nos había observado sentados frente al tablero de ajedrez desde la cubierta de paseo a través de la ventana del barco o solo porque nos había honrado de casualidad con su presencia en la sala de fumadores, sea como fuera, no bien nos vio a nosotros —incompetentes ejerciendo su arte—, se acercó un poco más y, desde una distancia medida, echó un vistazo penetrante hacia nuestro tablero. McConnor estaba justo haciendo una jugada, pero ya este único movimiento resultó suficiente para convencer a Czentovic de que seguir nuestros esfuerzos de aficionados era poco digno de su interés magistral. Con el mismo gesto natural con el que personas como nosotros despreciaríamos una mala novela policial en una librería sin siquiera hojearla, Czentovic pasó por nuestra mesa y se fue del salón de fumadores. "Pesado has sido en balanza, y fuiste hallado falto", pensé, un poco enojado por esa mirada fría y despectiva, y para despejar de alguna manera mi mal humor le dije a McConnor:

—Su jugada parece no haber impresionado al maestro.

—¿A qué maestro?

Le expliqué que aquel señor que acababa de pasar por al lado nuestro y que había observado nuestro juego con una mirada disconforme era el campeón mundial de ajedrez, Czentovic. Agregué que ambos soportaríamos y superaríamos su ilustre desprecio sin que nos rompiera el corazón; después de todo, no nos podíamos permitir el lujo de otra cosa. Sin embargo, para mi sorpresa, mi casual mensaje produjo un efecto absolutamente inesperado en McConnor. Enseguida se emocionó, se olvidó de nuestra partida y su ambición empezó a latir con tal fuerza que prácticamente se podía escuchar. McConnor no tenía idea de que Czentovic estuviera a bordo y era indispensable que el campeón jugase contra él. Nunca en la vida había jugado contra un campeón mundial, salvo una vez en una partida simultánea con otras cuarenta personas, y eso ya había sido terriblemente emocionante y había estado a punto de ganar. ¿Que si yo lo conocía en persona? Dije que no. ¿Si no le quería hablar e invitarlo a jugar con nosotros? Me negué alegando que, a mi entender, Czentovic no estaba muy dispuesto a conocer gente nueva. Además, ¿qué atractivo podía llegar a tener para un campeón mundial enfrentarse con nosotros, unos jugadores de tercera clase?

Bueno, hubiera preferido no decirle eso de los jugadores de tercera clase a un hombre tan ambicioso como McConnor, quien se reclinó enojado y declaró con severidad que, por su parte, no podía creer que Czentovic rechazara la amable invitación de un caballero, y que él se encargaría de eso. Tal como me pidió, le describí brevemente al campeón mundial y de repente, dejando con indiferencia nuestro tablero, corrió con una descontrolada impaciencia en busca de Czentovic por la cubierta de paseo. Volví a sentir que era imposible detener al dueño de esa ancha espalda apenas dirigía su atención hacia un nuevo asunto.

Esperé bastante curioso. Después de unos diez minutos, McConnor volvió, no muy alegre, a mi parecer.

—¿Y? —pregunté.

—Tenía razón —respondió un poco enojado—. No es un tipo agradable. Me presenté, le expliqué quién era, y él ni siquiera me dio la mano. Intenté contarle cuán orgullosos y honrados nos sentiríamos todos a bordo si él jugase una partida simultánea contra nosotros. Pero no se le movió ni un mínimo pelo. Dijo que lo lamentaba, pero que tenía un contrato con su agente que le prohibía de manera expresa jugar durante toda su gira sin cobrar honorarios y que su tarifa mínima era de doscientos cincuenta dólares por partida.

Me reí.

—Realmente nunca se me hubiera ocurrido pensar que mover piezas negras y blancas pudiera llegar a ser un negocio tan lucrativo. Bueno, espero que usted también lo haya rechazado con la misma cortesía.

Pero McConnor permaneció totalmente serio.

—Arreglamos la partida para mañana a las tres de la tarde acá, en el salón de fumadores. Espero que no nos dejemos hacer pedazos tan fácilmente.

—¿Cómo? ¿Accedió a pagarle los doscientos cincuenta dólares? —exclamé bastante sorprendido.

—¿Por qué no? *C'est son métier.* Si me doliera un diente y hubiera, de casualidad, un dentista a bordo, tampoco pretendería que me lo sacase gratis. El hombre tiene todo el derecho del mundo de poner precio. Además, en cada profesión, los verdaderos expertos son a la vez los mejores negociantes. Y en lo que a mí respecta, cuanto más claro es un negocio, mejor. Prefiero pagar en efectivo antes que dejar que el señor Czentovic me muestre misericordia y yo termine estando obligado a darle las gracias. Al fin y al cabo, en una noche en nuestro club perdí mucho más de doscientos cincuenta dólares y sin haber jugado contra un campeón mundial. Para "jugadores de tercera clase" no es una vergüenza ser vencidos por un Czentovic.

Me divertía observar cuán profundamente había ofendido la vanidad de McConnor al decir con inocencia "jugadores de tercera clase". Pero dado que él estaba dispuesto a pagar por la costosa diversión, yo no tenía nada para objetar contra su inoportuna ambición, que finalmente me facilitaría conocer al objeto de mi curiosidad. Les informamos lo más rápido posible sobre el próximo suceso a cuatro o cinco caballeros, que se habían declarado hasta entonces jugadores de ajedrez, y para lograr que el ir y venir de los pasajeros nos molestara lo menos posible, reservamos para la partida no solo nuestra mesa, sino también las mesas contiguas.

Al día siguiente, nuestro grupito apareció completo a la hora acordada. El asiento del medio, enfrente del campeón, claramente quedaba asignado para McConnor, que descargaba su nerviosismo prendiendo un cigarro tras otro y miraba el reloj todo el tiempo, inquieto. Pero como ya me había imaginado por lo que me había contado mi amigo, el campeón mundial se hizo esperar unos buenos diez minutos, lo que, por supuesto, hizo que su aparición tuviera mayor gravedad. Czentovic se acercó a la mesa, tranquilo e indiferente, sin presentarse. "Ustedes ya saben quién soy y saber quiénes son ustedes no me interesa", parecía indicar esa falta de cortesía. Empezó con aridez profesional las disposiciones pertinentes. Al ser imposible una partida simultánea a bordo debido a la falta de tableros disponibles, él propuso que todos juntos jugásemos contra él. Después de cada movimiento, él se iría a otra mesa al fondo del salón para no molestarnos en nuestras deliberaciones y, no bien hubiésemos terminado nuestro movimiento, debíamos llamarlo golpeando una copa con una cuchara, ya que lamentablemente no teníamos una campanilla. También propuso un tiempo límite de diez minutos, salvo que quisiéramos otro arreglo. Claramente accedimos, como tímidos alumnos, a toda propuesta. En la selección de los colores, a Czentovic le tocaron las piezas negras. Mientras seguía parado, hizo la primera jugada y se fue de inmediato al lugar de espera propuesto por él, donde, recostado con indiferencia, hojeó una revista ilustrada.

No tiene mucho sentido contar sobre la partida. Por supuesto que terminó como tenía que terminar, con nuestra total derrota, e incluso después de solo veinticuatro movimientos. El hecho de que un campeón mundial derrotase sin ningún tipo de esfuerzo a media docena de jugadores mediocres, o menos que mediocres, era en sí poco sorprendente. En realidad, a todos nosotros nos molestó la prepotencia con la que Czentovic nos había hecho sentir de una manera demasiado evidente que nos había ganado con facilidad. Cada vez que le tocaba, parecía mirar fugazmente el tablero, y a nosotros con indiferencia, como si nosotros mismos fuésemos figuras inertes de madera; esos gestos impertinentes, involuntarios, eran similares a los que uno hace al tirarle un hueso a un perro sarnoso, apartando la vista. A mi parecer, si él hubiera tenido un poco de delicadeza, habría podido señalarnos los errores o darnos palabras de aliento. Pero incluso después de terminar la partida, esta máquina inhumana de ajedrez no emitió ni una sílaba, sino que, luego de decir "jaque mate", permaneció inmóvil frente a la mesa esperando por si queríamos jugar otra. Yo ya me había levantado, indefenso como siempre queda uno frente a la indiferente descortesía, para darle a entender con un gesto que, por lo menos de mi parte, ya había concluido el negocio de los dólares y a su vez el placer de habernos conocido; para mi indignación, McConnor, que estaba al lado mío, gritó con una voz completamente ronca:

—¡Revancha!

Francamente, me asusté de su tono provocador; de hecho, en ese momento, McConnor daba más bien la impresión de un boxeador a punto de empezar a atacar que la de un cortés caballero. No sé si era el modo desagradable con el que nos había tratado Czentovic o solo su ambición patológicamente irritable, pero, de cualquier modo, la esencia de McConnor había cambiado completamente. Tenía todo el rostro enrojecido, incluso hasta el cuero cabelludo; las fosas nasales se le habían abierto mucho por una fuerza interior, transpiraba visiblemente, y al tener los labios apretados se le marcaba una arruga profunda en su pera, proyectada hacia adelante en señal desafiante. En sus ojos descubrí, preocupado, aquel destello de la pasión incontrolable que por lo general solo se distingue en la gente que está frente a la ruleta, cuando, después de haber doblado la apuesta seis o siete veces, no aparece el color correcto. En ese momento, sabía que ese fanático ambicioso jugaría contra Czentovic, aunque le costara toda su fortuna, una y otra vez, con una apuesta simple o doble, hasta que lograse ganar por lo menos una partida. Si Czentovic conseguía aguantar, entonces habría encontrado en McConnor una mina de oro de la que podía extraer un par de miles de dólares hasta llegar a Buenos Aires.

Czentovic permaneció inmóvil.

—Por favor —respondió cortésmente—. Ahora los señores juegan con las piezas negras.

Tampoco la segunda partida arrojó un panorama diferente, salvo por algunos curiosos que no solo agrandaron nuestro círculo, sino que además lo reanimaron. McConnor no apartaba la vista del tablero, como si quisiera magnetizar las piezas con su voluntad de ganar; me di cuenta por su comportamiento de que él habría sido capaz de sacrificar entusiasmado mil dólares por el simple hecho de poder gritar "¡jaque mate!" en el rostro del indiferente contrincante. Lo curioso fue que algo de su obstinada excitación nos contagió de modo inconsciente. Cada uno de los movimientos se discutía de forma mucho más apasionada que antes, y siempre en el último segundo uno interrumpía al otro, justo antes de ponernos de acuerdo para darle la señal a Czentovic a fin de que volviera a la mesa. Poco a poco habíamos llegado a la decimoséptima jugada y, para nuestra sorpresa, se había producido una constelación que parecía asombrosamente favorable, porque habíamos logrado poner el peón de la columna c en la casilla c2; solo necesitábamos adelantarlo a c1 para coronar dama. Sin embargo, no estábamos muy cómodos con esta oportunidad demasiado evidente. Sospechábamos que esa ventaja, que al parecer habíamos logrado nosotros, nos la había preparado a propósito como un anzuelo Czentovic, quien claramente se había dado cuenta de la situación mucho antes que todos los demás. Pero, a pesar de nuestras arduas búsquedas y discusiones, no podíamos detectar la misteriosa trampa. Finalmente, llegando al límite de nuestro tiempo reglamentario de reflexión, nos decidimos a arriesgarnos con la jugada. McConnor ya estaba tocando el peón para moverlo a la última casilla cuando de repente sintió que alguien lo agarraba del brazo y le susurraba de forma vehemente:

—¡Por el amor de Dios! ¡No!

Todos nos dimos vuelta de manera automática. Un señor de alrededor de unos cuarenta y cinco años, cuyo rostro delgado y de facciones pronunciadas ya había llamado mi atención anteriormente en la cubierta de paseo por su extraña y casi mortal palidez, al parecer se había acercado a nosotros en los últimos minutos, cuando habíamos puesto toda nuestra atención en el problema que nos planteaba el movimiento. Al percibir nuestras miradas, añadió precipitadamente:

—Si coronan dama ahora, él la capturará con el alfil en c1 y ustedes capturarán el alfil con el caballo. Pero, mientras tanto, él moverá su peón pasado a la casilla d7, amenazando su torre, y aunque den jaque con el caballo, en nueve o diez movimientos estarán perdidos. Es casi la misma combinación que Alekhine había iniciado contra Bogoljubov en 1922, en el gran torneo de Piestany.

El asombrado McConnor dejó la pieza y miró, no menos sorprendido que todos nosotros, hacia el hombre que había caído del cielo como un ángel de la suerte. Alguien que podía calcular un jaque mate anticipándose nueve movimientos debía ser un experto de primer nivel, quizás hasta un competidor del campeonato que viajaba hacia el mismo torneo, y su repentina intervención, su llegada precisamente en un momento tan crítico, tenía algo de sobrenatural. El primero en tranquilizarse fue McConnor:

—¿Qué aconsejaría usted? —susurró excitado.

—¡No avanzar enseguida, sino en principio hacer una jugada de espera! Ante todo, proteger al rey y moverlo de g8 a h7. Es probable que él desvíe el ataque hacia el otro flanco. Pero ustedes lo pueden evitar moviendo la torre de c8 a c4; eso le costará a él dos tiempos, un peón y su ventaja. Entonces, será peón pasado contra peón pasado y, si se defienden bien, lograrán hacer tablas. Más no se puede hacer.

Nos sorprendimos una vez más. La precisión y la rapidez de sus cálculos tenían algo desconcertante. Era como si estuviera leyendo los movimientos de un libro impreso. Al menos ahora, gracias a su intervención, la insospechada chance de llegar a hacer tablas contra un campeón mundial resultaba encantadora. Unánimemente nos hicimos a un lado para permitirle una mirada despejada del tablero. McConnor preguntó de nuevo:

—Entonces, ¿el rey de g8 a h7?

—¡Sí, señor! ¡Ante todo evitar perder!

McConnor obedeció y nosotros golpeamos el vaso. Czentovic se acercó a nuestra mesa con su indiferente paso habitual y analizó con una sola mirada nuestra jugada. Entonces movió el peón de h2 a h4 sobre el flanco del rey, exactamente como lo había predicho nuestro desconocido ayudante. Y enseguida este murmuró excitado:

—La torre hacia adelante, la torre hacia adelante, de c8 a c4, así él tendrá que defender primero el peón. ¡Pero eso no le servirá para nada! No se preocupen por su peón pasado, muevan el caballo de c3 a d5, y así se restablecerá el equilibrio. Mantengan la presión: ataque en vez de defensa.

No entendimos lo que quería decir. Para nosotros, lo que estaba diciendo era chino. Pero McConnor, ya encantado bajo su hechizo, hizo el movimiento sin pensarlo, tal como había indicado el desconocido. Volvimos a golpear la copa para llamar de nuevo a Czentovic y, por primera vez, no se decidió de forma apresurada, sino que miró fijo el tablero. Sus cejas se fruncían involuntariamente. Después, hizo el movimiento que nos había advertido el desconocido y se dio vuelta para alejarse. Pero antes de que se fuera, pasó algo nuevo e inesperado. Czentovic levantó la vista y analizó nuestras filas; era evidente que quería averiguar quién le oponía tan tenaz resistencia de repente.

A partir de ese momento, nuestra emoción creció de forma inconmensurable. Hasta entonces, habíamos jugado sin esperanzas, pero ahora el solo hecho de pensar en que podíamos quebrar la fría arrogancia de Czentovic nos aceleraba con ardor nuestras pulsaciones. Pero ya nuestro nuevo amigo había dispuesto el siguiente movimiento y nosotros —los dedos me temblaban mientras golpeaba la copa con la cuchara— podíamos volver a llamar a Czentovic. Y entonces fue cuando ganamos por primera vez. Czentovic, que hasta ese momento había jugado de pie, vaciló y terminó sentándose. Se fue sentando de a poco y lentamente, y al hacerlo cancelaba la anterior postura en la que él estaba arriba y nosotros abajo, al menos desde el punto de vista físico. Lo habíamos obligado a ponerse a nuestro nivel, aunque más no fuera en el espacio. Reflexionó durante largo tiempo, con los ojos fijos en el tablero, de tal manera que apenas se le podían distinguir las pupilas debajo de sus pesados párpados, y en medio de la extenuante reflexión se le fue abriendo de a poco la boca, lo que le daba a su rostro redondo una expresión ingenua. Czentovic analizó unos minutos, luego hizo su movimiento y se levantó. Y enseguida nos susurró nuestro amigo:

—¡Un movimiento para desviar la atención! ¡Bien pensado! ¡Pero no se dejen engañar! Hay que forzar un cambio de piezas, es fundamental el cambio, así llegaremos a hacer tablas y ningún dios lo podrá ayudar.

McConnor obedeció. Así empezó entre los dos, en los siguientes movimientos, un ida y vuelta incomprensible; nosotros ya hacía rato que nos habíamos convertido en meros espectadores. Después de alrededor de siete jugadas, Czentovic levantó la mirada tras una larga reflexión y declaró:

—¡Tablas!

Por un instante, reinó un silencio absoluto. De repente, se oían el romper de las olas y el jazz saliendo de la radio del salón, se percibían cada paso que se daba en la cubierta de paseo y el tenue silbido del viento que se filtraba por las rendijas de las ventanas. Ninguno de nosotros respiraba, todo había pasado muy de repente y seguíamos como alarmados por el increíble hecho de que este desconocido hubiera impuesto su voluntad sobre el campeón mundial en una partida que ya dábamos por perdida. McConnor se reclinó y exhaló el aliento contenido, y se escuchó que de sus labios salía un "¡ah!" de satisfacción. Yo, por mi parte, observaba a Czentovic. Ya en los últimos movimientos me había parecido verlo más pálido. Pero supo controlarse bien. Permaneció en su aparente rigidez indiferente y solo preguntó con indolencia, mientras sacaba las figuras del tablero con mano firme:

—¿Desean los señores una tercera partida?

Formuló la pregunta de una manera puramente objetiva, como si se tratara solo de negocios. Pero lo sorprendente fue que, al hacerlo, no dirigió su vista hacia McConnor, sino que observó con una mirada penetrante y directa a nuestro salvador. Tal como un caballo reconoce a un nuevo y mejor jinete por la firmeza con la que se sienta, debió haber descubierto durante los últimos movimientos a su verdadero, su real adversario. Automáticamente, seguimos su mirada y observamos atentos al extraño. Pero antes de que este hubiera podido siquiera reflexionar o responder, McConnor le gritó colmado de su ambiciosa excitación y de manera triunfante:

—¡Obviamente! ¡Pero ahora usted tiene que jugar solo contra él! ¡Usted solo contra Czentovic!

En ese instante, sucedió algo inesperado. El desconocido, que curiosamente seguía tenso, mirando fijo el tablero ya vacío, se sobresaltó al sentir todas las miradas sobre él y sentirse interpelado de forma tan entusiasta. Sus gestos parecían desconcertados.

—De ninguna manera, mis caballeros —balbuceó visiblemente afectado—. Queda descartado por completo... No entra en consideración... Hace veinte, no, hace veinticinco años que no me siento delante de un tablero y... y recién ahora me doy cuenta de que me comporté de manera insolente al meterme en su juego sin su permiso. Por favor, perdonen mi indiscreción... definitivamente, no los molestaré más. —Y antes de que pudiéramos reponernos de nuestra sorpresa, ya se había retirado e ido del salón.

—¡Pero esto es imposible! —gritó el temperamental McConnor golpeando con el puño—. ¡Es absolutamente imposible que este hombre no haya jugado al ajedrez en veinticinco años! Si calculó cada movimiento, cada contraataque con cinco o incluso seis movimientos de antelación. Algo así no lo hace cualquiera sin esfuerzo. Es absolutamente imposible, ¿cierto?

McConnor le había dirigido esta última pregunta de manera automática a Czentovic. Pero el campeón mundial permaneció estoicamente racional.

—No puedo hacer una valoración sobre eso. De todos modos, el caballero jugó de una manera un poco desconcertante e inteligente. Por eso le ofrecí una oportunidad.

Mientras se levantaba con displicencia, agregó en un tono objetivo:

—Si el caballero o los caballeros desean otra partida para mañana, estaré disponible a partir de las tres de la tarde.

No pudimos evitar una leve sonrisa. Cada uno de nosotros sabía que Czentovic no le había ofrecido, de ningún modo, una oportunidad a nuestro ayudante desconocido por generosidad, y su observación no era más que una excusa ingenua para enmascarar su propio fracaso. Así, con más intensidad creció nuestro deseo de ver humillada una soberbia tan inquebrantable. De repente, se apoderó de nosotros, pacíficos y relajados pasajeros, un salvaje y ambicioso afán de luchar, porque nos fascinaba, de la manera más provocadora, la simple idea de que se le pudiese arrebatar la victoria al campeón mundial en nuestro barco en el medio del océano, un récord que se difundiría por todo el mundo a través de todas las oficinas de telégrafos. A eso se le agregaban la atracción de lo misterioso, que partía de la inesperada intervención de nuestro salvador precisamente en el momento crítico, y el contraste entre su modestia casi temerosa y la inquebrantable arrogancia del profesional. ¿Quién era ese desconocido? ¿Reveló el azar un genio del ajedrez nunca antes descubierto? ¿O un famoso maestro nos ocultaba su nombre por alguna razón inexplorable? Debatíamos todas estas posibilidades con excitación; incluso las hipótesis más atrevidas no nos parecían lo suficientemente atrevidas como para equilibrar la enigmática timidez y la sorprendente confesión del extraño sobre su evidente arte por el juego. Sin embargo, todos estábamos de acuerdo en un punto: de ninguna manera íbamos a renunciar al espectáculo de un nuevo combate. Decidimos intentar de todo para que nuestro salvador jugara una partida contra Czentovic al día siguiente, por la que McConnor se comprometió a correr el riesgo económico correspondiente. Como entretanto, al consultarle a un camarero, descubrimos que el desconocido era austríaco, se me encargó, por ser compatriota, transmitirle nuestra solicitud.

No necesité mucho tiempo para encontrar en la cubierta de paso a quien había huido tan rápidamente. Estaba en un sillón leyendo. Antes de acercarme a él, aproveché la oportunidad para observarlo. La cabeza de rasgos marcados descansaba sobre una almohada con una actitud de leve cansancio; una vez más, me llamaba en particular la atención la extraña palidez de ese rostro que aparentaba ser juvenil y cuyas sienes estaban bordeadas por unos pelos cegadoramente blancos. No sé por qué tenía la sensación de que ese hombre había envejecido de repente. Apenas me acerqué a él, se levantó cortésmente y se presentó con su apellido, con el que yo estaba familiarizado por ser el de una antigua familia austriaca muy respetada. Me acordé de que un señor con ese apellido había pertenecido al círculo más íntimo de amigos de Schubert, y que también uno de los médicos de cabecera del antiguo emperador provenía de ese linaje. Cuando le transmití al doctor B. nuestro pedido de aceptar el desafío de Czentovic, quedó visiblemente asombrado. Resultó ser que no tenía idea de que se había enfrentado en esa partida a un campeón mundial, y menos al más exitoso de esos tiempos. Por alguna razón, esa noticia parecía impresionarlo particularmente, porque me preguntaba una y otra vez si estaba seguro de que su contrincante era en verdad un campeón mundial reconocido. Muy rápido me di cuenta de que esa situación facilitaba mi misión y, al percibir su sensibilidad, creí que era conveniente ocultarle que McConnor se haría cargo del riesgo económico en caso de una eventual derrota. Tras una larga vacilación, el doctor B. se declaró, por fin, dispuesto a jugar otra partida, no sin antes pedir de manera expresa que se les advirtiera a los otros caballeros que de ninguna manera pusieran exageradas esperanzas en su capacidad.

—Porque —agregó con una sonrisa pensativa— en realidad no sé si soy capaz de jugar una partida de ajedrez respetando todas sus reglas. Por favor, créame que no se trató, de ninguna manera, de una falsa modestia cuando dije que desde la secundaria, o sea desde hace más de veinte años, no había vuelto a tocar una pieza. E incluso en aquella época era un simple jugador sin talentos extraordinarios.

Dijo eso de una manera tan natural que no dudé en lo más mínimo de su sinceridad. Sin embargo, no pude evitar expresar mi admiración por cómo se había podido acordar de manera tan precisa de cada una de las combinaciones de los distintos maestros. Por lo menos, se tuvo que haber dedicado mucho al ajedrez, aunque fuera a la teoría. El doctor B. volvió a sonreír de aquella manera curiosamente soñadora.

—¡Me dediqué mucho! Dios sabrá que me dediqué mucho al ajedrez. Pero eso solo ocurrió bajo circunstancias muy particulares, totalmente únicas. Es una historia bastante complicada y podría ser, a lo sumo, una pequeña contribución a esta gran época encantadora en la que vivimos. Si usted tuviera media hora de paciencia...

Señaló un sillón a su lado. Acepté con gusto su invitación. No teníamos vecinos. El doctor B. se sacó los lentes de lectura, los dejó a un lado y comenzó:

—Usted fue muy amable al decirme que, como vienés, se acordaba del apellido de mi familia. Pero sospecho que nunca habrá escuchado del estudio de abogados que yo dirigía junto con mi padre, y tiempo después solo, porque nosotros no tramitábamos casos judiciales que aparecieran en los diarios y, por principio, evitábamos aceptar nuevos clientes. En realidad, ya no teníamos un verdadero estudio, sino que nos limitábamos exclusivamente a la asesoría jurídica y sobre todo a la gestión de patrimonios de los grandes conventos, con quienes mi padre tenía buena relación por haber sido un exdiputado del partido clerical. Además —como hoy en día la monarquía pertenece a la historia, creo que ya se puede hablar de eso—, a nosotros se nos había confiado la administración de los fondos de algunos de los miembros de la familia imperial. Estas conexiones con la corte y el clero —mi tío había sido el médico de cabecera del emperador y un abad del monasterio de Seitenstetten— se remontaban a dos generaciones atrás. Solo teníamos que conservar dichas conexiones y se trataba de una actividad tranquila, una habilidad silenciosa, me gustaría decir, que se nos había atribuido gracias a esta confianza heredada. En realidad, no requería mucho más que una extrema discreción y fiabilidad, dos características que mi difunto padre poseía en la mayor medida. De hecho, tanto en los años de inflación como en los de la revolución, y gracias a su prudencia, consiguió que sus clientes conservaran considerables fortunas. Cuando Hitler asumió el poder en Alemania y comenzó sus saqueos contra la propiedad de la Iglesia y de los monasterios, hicimos toda clase de negociaciones y transacciones con nuestras propias manos, del otro lado de la frontera, para por lo menos salvar de la incautación los bienes muebles. Ambos sabíamos más de ciertas negociaciones políticas secretas de la curia y de la realeza de lo que jamás trascenderá al conocimiento público. Pero precisamente el carácter discreto de nuestro estudio —ni siquiera teníamos una placa en la puerta— y la prudencia con la que evitábamos todos los círculos monárquicos de Viena nos brindaron la mayor protección contra investigaciones no autorizadas. De hecho, en todos estos años, ninguna autoridad de Austria jamás sospechó que los correos secretos de la realeza siempre retiraban o entregaban su correspondencia más importante justo en nuestro insignificante estudio ubicado en el cuarto piso.

»Pero los nacionalsocialistas, mucho antes de equipar a sus ejércitos con armas y ponerlos contra el mundo, habían empezado a organizar en todos los países vecinos otro ejército igual de peligroso y entrenado: la legión de los perjudicados, de los humillados, de los heridos. En cada cargo, en cada empresa, se habían infiltrado sus llamadas "células", incluso hasta en las habitaciones privadas de Dollfuss y Schuschnigg se encontraban sus escuchas y espías. Por desgracia, me enteré demasiado tarde de que en nuestro insignificante estudio también tenían a su hombre. Sin duda, no era más que un lamentable empleado sin talento, que había contratado por recomendación de un cura, con el fin de darle a nuestro estudio el aspecto de una empresa normal hacia el exterior. En realidad, solo le encargábamos recados inocentes, como atender el teléfono y ordenar las actas, es decir, aquellas actas que eran por completo insignificantes e inofensivas. No tenía permitido abrir el correo y yo escribía personalmente a máquina todas las cartas importantes y no dejaba copias; yo mismo me llevaba cualquier documento importante a casa y las reuniones secretas tenían lugar exclusivamente en el priorato del monasterio o en el consultorio de mi tío. Gracias a esas medidas de precaución, este espía no se podía enterar de nada de lo que pasaba en realidad, pero a raíz de una desafortunada casualidad, el ambicioso y presumido muchacho debió haber notado que no confiábamos en él y que a sus espaldas pasaban toda clase de cosas interesantes. Quizás alguna vez, en mi ausencia, uno de los mensajeros haya hablado con imprudencia de "Su Majestad" en vez de decir, como habíamos acordado, "barón Fern", o el sinvergüenza debió haber abierto cartas sin mi autorización. De cualquier manera, antes de que yo pudiera sospechar algo, le habían encargado desde Múnich o Berlín que nos vigilara. Recién mucho tiempo después, cuando ya estaba hacía rato en la cárcel, me acordé de que, en los últimos meses, su inicial indiferencia se había transformado en un repentino afán, y varias veces se había ofrecido de manera casi impertinente a llevar mi correspondencia al correo. No me puedo absolver de una cierta imprudencia, pero, en definitiva, ¿acaso el hitlerismo no había engañado hasta a los más importantes diplomáticos y militares del mundo? Luego, se demostró el hecho muy evidente de cuán precisa y cariñosamente la Gestapo me estaba dedicando su atención ya hacía tiempo, cuando en la misma tarde en que Schuschnigg renunció y un día antes de que Hitler se instalara en Viena, ya me habían arrestado los hombres de las SS. Por suerte, había logrado quemar los papeles más importantes no bien escuché en la radio el discurso de renuncia de Schuschnigg, y el resto de los documentos con los comprobantes de los valores de la fortuna depositada en el extranjero, perteneciente a los conventos y a dos archiduques, se los pude mandar —realmente a último momento, antes de que derribaran mi puerta los muchachos— a mi tío, escondidos en un canasto de ropa con mi vieja y confiable mucama.

El doctor B. se interrumpió para prenderse un cigarro. Bajo la luz intermitente, noté un tic nervioso alrededor de la comisura derecha de su boca que ya me había llamado la atención antes y, como pude observar, se repetía en el transcurso de pocos minutos. Era solo un movimiento fugaz, un poco más intenso que una bocanada de aire, pero le daba a todo su rostro una extraña intranquilidad.

—Es probable que usted crea que ahora le voy a contar sobre el campo de concentración, adonde trasladaron a todos aquellos que se habían mantenido fieles a nuestra antigua Austria; sobre las humillaciones, los martirios, las torturas que sufrí ahí. Pero no sucedió nada parecido. Yo fui asignado a otra categoría. No me llevaron junto con aquellos desgraciados sobre quienes se dio rienda suelta a un resentimiento retenido durante mucho tiempo, humillándolos física y psíquicamente, sino que me incluyeron en otro grupo más reducido, al que los nacionalsocialistas buscaban sacarle dinero o información importante. En sí, la Gestapo no se interesaba para nada en mi modesta persona. Pero debían haberse enterado de que nosotros éramos los testaferros, administradores y hombres de confianza de sus enemigos más feroces, y buscaban chantajearme para que les entregara documentos incriminatorios: documentos contra los conventos —a los que querían acusar de transferencias de fortunas—, documentos contra la familia imperial y contra todos los que se habían sacrificado por la monarquía en Austria. Sospechaban —y la verdad no sin motivos— que aquellos fondos que habían pasado por nuestras manos escondían reservas esenciales que todavía eran inaccesibles a su rapiña. Por eso me detuvieron desde el primer día, para obligarme a revelar estos secretos con sus métodos refinados. A las personas de mi categoría, a quienes buscaban extraerles documentos importantes o dinero, no se las mandaba al campo de concentración, sino que se las reservaba para un tratamiento especial. Tal vez usted recuerde que a nuestro canciller y también al barón Rothschild, a cuyos parientes esperaban despojar de grandes sumas de dinero, de ninguna manera se los puso detrás de un alambrado de púas en un campo de concentración, sino que, debido a una aparente preferencia, se los llevó a un hotel, el Hotel Metropole, que era al mismo tiempo el cuartel principal de la Gestapo, donde a cada uno de ellos se le otorgaba una habitación individual. Incluso yo, este insignificante hombre, recibí esta distinción.

»Una habitación propia en un hotel, eso suena sumamente humano, ¿no es cierto? Pero usted podrá creerme que de ninguna manera se nos trataba de una manera humana, sino que se nos aplicaba un método más refinado, al alojarnos a nosotros, las "personalidades", en una habitación de hotel individual y con calefacción aceptable, en vez de meternos de a veinte en una barraca congelada. Porque la presión con la que se buscaba extraernos los "documentos" necesarios debía funcionar de una manera más sutil que los brutales garrotazos o las torturas corporales: se daba a través del aislamiento más refinado que se pueda imaginar. No nos hacían nada, solo se nos situó en la absoluta nada, porque, como se sabe, ninguna cosa en el mundo ejerce tanta presión en la psiquis humana como la nada misma. Encerrándonos a cada uno de nosotros en un vacío absoluto, en una habitación cerrada herméticamente y aislada del mundo exterior, aquella presión, en lugar de producirse exteriormente debido a los garrotazos o al frío, se debía ejercer interiormente, para que al final nos abriera los labios a la fuerza. A primera vista, la habitación que me otorgaron no parecía para nada desagradable. Tenía una puerta, una mesa, una cama, una silla, una palangana, una ventana enrejada. Pero la puerta permanecía día y noche cerrada, sobre la mesa no podía haber ni un libro, ni un diario, ni una hoja de papel, ni un lápiz, y la ventana daba a un muro cortafuego. En torno a mi persona, e incluso a mi propio cuerpo, se había construido la nada absoluta. Me habían sacado todos los objetos: el reloj para que no supiera la hora, el lápiz para que no pudiera escribir, el cuchillo para que no me cortara las venas; se me negó incluso hasta el más insignificante estupefaciente, como un cigarrillo. Nunca veía un rostro humano, a excepción del guardia, que no emitía palabra ni respondía a ninguna pregunta; nunca escuchaba una voz humana. La vista, el olfato, ninguno de los sentidos recibía el más mínimo alimento de la mañana a la noche y de la noche a la mañana, uno se quedaba irremediablemente solo consigo mismo, con su cuerpo y los cuatro o cinco objetos mudos: mesa, cama, ventana y palangana; uno vivía como un buzo encerrado en una campana de vidrio, en el medio del oscuro océano de ese silencio, pero además como un buzo que incluso ya presentía que la cuerda que lo mantenía conectado con el mundo exterior se había cortado y que nunca lo podrían traer de vuelta de esa silenciosa profundidad. No había nada para hacer, nada para escuchar, nada para ver; por todos lados y sin interrupción, a uno lo rodeaba la nada, el vacío absoluto, sin tiempo ni espacio. Uno iba y venía, y con uno iban y venían los pensamientos, ida y vuelta, una y otra vez. Pero incluso los pensamientos, por más carentes de sustancia que parezcan, necesitan de un punto de apoyo, si no empiezan a rotar y dan vueltas sobre sí mismos sin sentido; ellos tampoco soportan la nada. Uno esperaba algo, de la mañana a la noche, pero no pasaba nada. Se volvía a esperar y esperar. No pasaba nada. Se esperaba, esperaba, esperaba; se pensaba, pensaba, pensaba hasta que dolían las sienes. No pasaba nada. Uno se quedaba solo. Solo. Solo.

»Eso duró catorce días, en los que viví fuera del tiempo, fuera del mundo. Si en ese entonces hubiera estallado una guerra, no me habría enterado. Mi mundo estaba compuesto solamente por una mesa, una puerta, una cama, una palangana, una silla, una ventana y una pared, y yo siempre miraba el mismo empapelado de la misma pared; de tanto que lo había mirado, cada línea de su irregular patrón se había grabado como con un buril de bronce hasta en el pliegue más interno de mi cerebro. Y después finalmente empezaron los interrogatorios. Uno era llamado de repente sin saber bien si era de día o de noche. Se nos llamaba y conducía a través de un par de pasillos, no se sabía hacia dónde; entonces esperábamos en algún lugar y no sabíamos dónde estábamos, y de pronto nos encontrábamos frente a una mesa y a su alrededor estaban sentadas unas personas uniformadas. Sobre la mesa, se apilaban unos papeles: las actas de las que se desconocía el contenido. Luego empezaban las preguntas, las verdaderas y las falsas, las claras y las tramposas, las encubiertas y las capciosas, y mientras uno respondía, hostiles dedos extraños hojeaban los papeles de los que no se sabía el contenido, y hostiles dedos extraños escribían algo en un protocolo, y no se sabía qué escribían. Pero, para mí, lo más terrible de estos interrogatorios era que no podía adivinar ni calcular lo que la gente de la Gestapo en efecto sabía de las transacciones en mi estudio y qué era lo primero que buscaba extraer de mi confesión. Como ya le dije, le había mandado a última hora los documentos verdaderamente comprometedores a mi tío a través de la mucama. Pero ¿los había recibido? ¿Y si no los había recibido? ¿Y cuánto había revelado aquel empleado? ¿Cuántas cartas había interceptado, cuánto había extorsionado, quizás, a un sacerdote incompetente de los conventos alemanes que nosotros representábamos? Y ellos preguntaban y preguntaban. Qué papeles había comprado para aquel convento, con qué bancos había mantenido correspondencia, si conocía a un tal señor Fulano o no, si había recibido cartas de Suiza o de Steenokkerzeel. Y como nunca había podido calcular cuánto habían averiguado ya, cada respuesta se convertía en una inmensa responsabilidad. Si admitía algo que ellos desconocían, quizás entregaba a alguien sin necesidad. Si negaba demasiado, me perjudicaba a mí mismo.

»Pero los interrogatorios no eran lo peor. Lo peor era volver a la nada después del interrogatorio, a la misma habitación con la misma mesa, la misma cama, la misma palangana, el mismo empapelado. Porque apenas me quedaba solo conmigo mismo, trataba de reconstruir lo que hubiera sido más inteligente responder y qué es lo que debía decir la próxima vez para volver a desviar la sospecha que quizás había levantado con alguna observación imprudente. Reflexionaba, pensaba, investigaba, revisaba mi propia declaración, palabra por palabra lo que le había dicho al juez instructor, recapitulaba cada pregunta que él había hecho, cada respuesta que yo había dado, e intentaba adivinar qué parte habían podido escribir en el protocolo, y sin embargo sabía que nunca iba a poder calcularlo ni saberlo. Pero estos pensamientos, una vez impulsados en el espacio vacío, no paraban de dar vueltas en mi cabeza, siempre volvían a empezar, en distintas combinaciones, y se adentraban hasta en los sueños; cada vez que era interrogado por la Gestapo, mis propios pensamientos se apoderaban con la misma feracidad del martirio del preguntar y averiguar y torturar, y tal vez incluso de una forma más cruel, porque aquellos interrogatorios terminaban después de una hora, mientras que mis pensamientos no terminaban nunca, gracias a la tortura traidora de esa soledad. Y alrededor mío seguían estando solo la mesa, el armario, la cama, el empapelado, la ventana. No había ninguna distracción, ningún libro, ningún diario, ningún rostro extraño, ningún lápiz para anotar algo, ningún fósforo para jugar con él, nada, nada, nada. Entonces me di cuenta de cuán diabólicamente ingenioso, cuán psicológicamente mortal era ese sistema de las habitaciones de hotel. En el campo de concentración, quizás habría tenido que llevar piedras hasta que me sangrasen las manos y sintiera que los pies se congelaban dentro de los zapatos, habría sido hacinado con dos docenas de personas en el medio del hedor y del frío. Pero habría visto, por lo menos, rostros; hubiera podido observar un campo, un carro, un árbol, una estrella, algo, cualquier cosa, mientras que allí a uno lo rodeaba siempre lo mismo, siempre lo mismo, esas terribles mismas cosas. Allí no había nada que pudiera distraerme de mis pensamientos, de mis manías, de mi enfermizo recapitular. Y ellos pretendían precisamente eso: yo debía ahogarme y ahogarme en mis pensamientos hasta que me sofocasen y no pudiese hacer nada más que escupirlos y confesar, confesar todo lo que ellos querían, finalmente entregar los documentos y a las personas. Poco a poco sentí cómo mis nervios empezaban a ceder ante esa horrorosa presión de la nada, y yo, consciente del peligro, tensé mis nervios hasta desgarrarlos, buscando o inventando algún tipo de distracción. Para mantenerme ocupado en algo, intenté recitar o reconstruir todo lo que alguna vez me había aprendido de memoria: el himno nacional, las rimas de los juegos de la infancia, los libros de Homero del secundario, los párrafos del Código Civil. Luego intenté calcular, sumar y dividir números al azar, pero mi memoria no poseía poder de retención en medio del vacío. No me podía concentrar en nada. Siempre se interponía y flameaba el mismo pensamiento: ¿qué saben?, ¿qué no saben?, ¿qué dije ayer?, ¿qué debería decir la próxima vez?

»Este estado en verdad indescriptible duró cuatro meses. Bueno, cuatro meses, eso se escribe fácilmente: ¡solo once letras! Eso se dice fácilmente: cuatro meses, cuatro sílabas. Un cuarto de segundo, los labios articulan con esa rapidez el sonido: ¡cuatro meses! Pero nadie puede describir, medir, aclarar, ni a otra persona ni a sí mismo, cuánto dura el tiempo fuera del espacio, fuera del tiempo, y nadie le puede explicar a nadie cómo carcome y destruye esta nada y nada y nada alrededor de uno, siempre la misma mesa y la misma cama y la misma palangana y el mismo empapelado, y siempre ese silencio, siempre el mismo guardia que sin mirarte te alcanza la comida, siempre los mismos pensamientos que giran en la nada alrededor de uno hasta volverse loco. Me di cuenta, inquieto, por pequeños indicios, de que mi cerebro se estaba convirtiendo en un caos. Al principio de los interrogatorios, todavía conservaba la claridad interna, había declarado tranquilo y reflexivo; aquel pensamiento doble de lo que debía decir y lo que debía callar todavía funcionaba. Después, me costaba articular hasta las oraciones más fáciles y solo lograba decirlas tartamudeando, porque mientras declaraba miraba fijamente e hipnotizado la pluma que se movía registrando sobre el papel, como si hubiera querido seguir mis propias palabras. Sentí que mi fuerza se debilitaba, sentí que se aproximaba cada vez más el momento en el que, para salvarme de la asfixiante nada, delataría a una docena de personas y revelaría sus secretos, sin lograr con eso concederme más que un fugaz respiro. Una tarde, llegué realmente a ese punto: cuando el guardián me trajo la comida, de casualidad, justo en ese momento de ahogo, de repente le grité: "¡Lléveme a declarar! ¡Quiero decirlo todo! ¡Voy a declarar todo! ¡Voy a decir dónde están los documentos, dónde está el dinero! ¡Todo voy a decir, todo!". Por suerte no me escuchó. O tal vez no quiso hacerlo.

»En esta extrema miseria, sucedió algo inesperado que me salvó, al menos por un tiempo. Fue a fines de julio, un día oscuro, nuboso, lluvioso: me acuerdo de estos detalles precisamente por eso, porque la lluvia golpeaba contra las ventanas del pasillo por el que me condujeron hacia el interrogatorio. Tenía que esperar en la antesala de la sala de interrogatorios. Siempre había que esperar antes de cada declaración: también ese hacer esperar era parte de la técnica. Primero te atacaban los nervios al ser llamado y sacado de la habitación de repente en el medio de la noche, y luego, cuando ya estabas preparado para el interrogatorio, ya habías aguzado el ingenio y la voluntad para resistir, te dejaban esperando, esperando sin y con sentido, una hora, dos horas, tres horas, hasta lograr que el cuerpo y el alma se cansaran. Y ese jueves 27 de julio me dejaron esperando un rato particularmente largo; me acuerdo de la fecha con tanta precisión por un motivo en especial: en esa antesala, donde no me dejaban tomar asiento y tuve que esperar parado durante dos horas, había un calendario colgado, y no le puedo explicar cómo, con mi hambre de algo impreso, algo escrito, miré y miré fijo este único número, estas pocas palabras —“27 de julio”— que colgaban en la pared; mi cerebro las devoró, por decirlo de algún modo. Y después volví a esperar y me quedé mirando la puerta, aguardando que por fin se abriese, y al mismo tiempo pensaba qué me podrían preguntar esta vez los inquisidores, aun cuando sabía que me preguntarían cosas muy distintas de aquellas para las que yo me había preparado. Pero, a pesar de todo, la tortura de ese esperar y estar parado era al mismo tiempo un alivio, un placer, porque esa sala era al menos otra habitación distinta a la mía, un poco más grande y con dos ventanas en lugar de una, y sin la cama y sin la palangana y sin la particular rajadura en el alféizar de la ventana que había observado un millón de veces. La puerta estaba pintada de otro color, había otra silla en la pared, y a la izquierda había un archivador de documentos y un armario con perchas, en donde estaban colgados tres o cuatro tapados militares mojados, los tapados de mis torturadores. Entonces tenía algo nuevo, otra cosa para observar, por fin algo distinto para mis ojos hambrientos, que se clavaban con ambición en cada detalle. Observé cada pliegue de esos tapados, y noté por ejemplo una gota que colgaba de uno de los cuellos mojados, y por más ridículo que eso le parezca, yo esperaba con una excitación absurda para ver si esa gota terminaría cayendo finalmente a lo largo del pliegue o si se resistiría a la gravedad y permanecería más tiempo ahí. Sí, me quedé mirando y mirando fijo esa gota durante unos minutos sin respirar, como si mi vida dependiera de eso. Después, cuando por fin se deslizó, conté los botones de los tapados: ocho en el primero, ocho en el otro, diez en el tercero, y después volví a comparar los dobladillos. Mis ojos hambrientos palpaban, jugaban, apresaban todas esas ridículas e insignificantes pequeñeces con una ambición que no puedo describir. Y de repente mi mirada se quedó fija en algo. Descubrí que en uno de los tapados había un bolsillo un poco abultado. Me acerqué y creí reconocer por la forma rectangular del bulto lo que este bolsillo, un tanto voluminoso, escondía: ¡un libro! Me empezaron a temblar las rodillas: ¡un libro! Durante cuatro meses no había tenido un libro en las manos, y ya la mera idea de un libro en el que se podían ver palabras, renglones, páginas y hojas, un libro que se podía leer y del que podían seguir otros pensamientos nuevos, extraños, que distraen, de los que el cerebro podía hacer uso, tenía algo embriagador y ensordecedor al mismo tiempo. Mis ojos, hipnotizados, miraban fijo el pequeño bulto que formaba aquel libro dentro del bolsillo, encandeciendo ese insignificante lugar como si quisiesen quemarlo haciendo un agujero en el tapado. Al final, no pude controlar mi codicia e involuntariamente me fui acercando cada vez más. Ya la idea de poder tocar un libro con las manos a través de la tela me hacía arder los nervios de los dedos hasta la base de las uñas. Casi sin darme cuenta, me acerqué más y más. Por suerte, el guardia no estaba prestando atención a mi comportamiento, seguramente extraño; quizá también le parecía normal que después de dos horas de estar parado uno se quisiera apoyar un poco contra la pared. Cuando estuve parado casi al lado del abrigo, intencionalmente crucé los brazos detrás de la espalda para poder tocar el tapado sin llamar la atención. Toqué la tela y, en efecto, sentí a través de ella algo rectangular, algo que era flexible y crujía con suavidad: ¡un libro! ¡Un libro! Y la idea me atravesó como un disparo: ¡robar el libro! ¡Capaz lo lograba y podía esconderme en mi habitación y después leer, leer, leer, por fin volver a leer! Apenas la idea se apoderó de mí, tuvo el efecto de un fuerte veneno; de repente, mis oídos empezaron a zumbar y el corazón a palpitar, mis manos se congelaron y ya no me obedecían. Pero luego del primer aturdimiento, me acerqué silenciosa y cautamente al tapado y, sin perder de vista al guardia, empujé el libro con las manos escondidas detrás de la espalda de abajo hacia arriba, hasta hacerlo sobresalir del bolsillo. Y después, con un toque, un movimiento suave, cuidadoso, de repente tenía un librito, no muy voluminoso, en la mano. Recién ahí me asusté de mi acto. Pero no podía volver el tiempo atrás. ¿Y ahora dónde lo meto? Lo puse detrás de mi espalda, abajo del pantalón, en el lugar donde estaba el cinturón, y de ahí lo moví poco a poco hacia la cadera para poder sostenerlo mientras caminaba con la mano marcialmente pegada a la costura. Así había superado la primera prueba. Me alejé del armario, un paso, dos pasos, tres pasos. Todo iba bien. Era posible sostener el libro al caminar con solo apretar la mano con fuerza contra el cinturón.

»Después vino el interrogatorio. Requería de mi parte más esfuerzo que nunca, porque, mientras respondía, en realidad estaba concentrando toda mi fuerza no en mi declaración, sino ante todo en sostener el libro sin llamar la atención. Por suerte, esa vez el interrogatorio fue corto y logré llevar el libro intacto a mi habitación. No lo quiero aburrir con todos los detalles, pero basta con decirle que en una oportunidad el libro se deslizó peligrosamente por el pantalón en el medio de la caminata y tuve que simular un fuerte ataque de tos para poder agacharme y volver a subirlo hasta abajo del cinturón. ¡Pero qué momento cuando volví a entrar a mi infierno con eso, por fin solo y en realidad ya no completamente solo!

»Es probable que usted sospeche que saqué el libro de inmediato, lo observé y lo leí. ¡De ninguna manera! Primero quería saborear la expectativa de tener un libro conmigo, el placer artificialmente prolongado y que excitaba mis nervios de una manera maravillosa, soñar con qué tipo de libro hubiera preferido que fuera el que acababa de robar: sobre todo con páginas muy abigarradas, que contuvieran muchas, muchas letras, muchas, muchas hojas finas, para que pudiera tardar mucho en leerlo. Y luego deseaba que fuera una obra que me exigiera desde el punto de vista intelectual, nada superficial, nada simple, sino algo que se pudiera leer, aprender de memoria, poemas, y preferentemente —¡pero qué sueño atrevido!— Goethe u Homero. Al final, no pude resistir mucho más mi avidez, mi curiosidad.

Tirado en la cama para que en caso de que el guardia abriese la puerta de repente no pudiera descubrirme, saqué tembloroso el tomo de abajo del cinturón.

»La primera hojeada fue una decepción, e incluso me produjo una especie de enojo amargo: ese libro capturado con un peligro tan inmenso, guardado con una esperanza tan ardiente, no era más que un repertorio de partidas de ajedrez, una colección de ciento cincuenta partidas magistrales. Si no hubiera estado atrapado y encerrado, habría tirado furioso el libro por la ventana abierta, porque ¿qué debía o qué podía hacer yo con ese sinsentido? Cuando era chico y estaba en la secundaria, había intentado, como la mayoría de los otros chicos, jugar de vez en cuando al ajedrez para matar el aburrimiento. Pero ¿qué me aportaría ese cachivache teórico? Si no se puede jugar al ajedrez sin un contrincante, y mucho menos sin piezas ni tablero. Hojeé el libro disgustado, para ver si quizá lograba descubrir, a pesar de todo, algo legible, una introducción, una instrucción; pero no encontré nada más que los meros esquemas cuadrados de cada una de las partidas, y al pie unos caracteres que al principio me resultaron incomprensibles, a1-a3, Cf1-g3, etc. Todo me parecía una especie de álgebra, cuya clave no podía descifrar. Poco a poco, fui desentrañando que las letras a, b y c indicaban las columnas, los números del 1 al 8, las filas horizontales, y que se utilizaban para determinar la posición de cada una de las piezas. Así, los esquemas puramente gráficos adquirían, por lo menos, un lenguaje. Consideré que tal vez podía construirme una especie de tablero en la habitación y después intentar recrear las partidas; como si fuese una señal divina, me di cuenta de que la colcha era casualmente a cuadros. Doblándola de manera adecuada, logré obtener las sesenta y cuatro casillas. En primer lugar, escondí el libro debajo del colchón y arranqué solo la primera hoja. Luego, empecé a armar con las miguitas de pan, que fui ahorrando de mis comidas, las piezas del ajedrez: rey, dama, etc. Por supuesto que quedaban de una forma ridículamente imperfecta. Pero, al final, después de un interminable esfuerzo, logré reconstruir las posiciones señaladas en el libro de ajedrez sobre la colcha a cuadros. Sin embargo, cuando intenté jugar toda una partida, fracasé por completo con las ridículas piezas de miguitas, de las cuales había oscurecido la mitad con polvo para poder distinguirlas. Durante los primeros días, no paraba de confundirme y tenía que reiniciar cada partida cinco, diez, veinte veces. Pero ¿quién en todo el mundo disponía de tanto tiempo desaprovechado como yo, el esclavo de la nada? ¿A quién se le había concedido tanta avidez y paciencia inconmensurables? Después de seis días, pude terminar la partida a la perfección; después de ocho días, ni siquiera necesitaba las miguitas sobre la colcha para representarme las posiciones del libro, y después de unos ocho días más, hasta la colcha a cuadros se tornó prescindible. De forma automática, los signos del libro (a1, a2, c7, c8), al principio abstractos, se convirtieron en posiciones visibles, plásticas en mi mente. La transformación se había logrado con éxito: había proyectado el tablero con sus piezas hacia mi interior y gracias a esas simples fórmulas podía abarcar las posiciones, tal como un músico experto podría escuchar todas las voces y las armonías con el simple vistazo de una partitura. Después de otros catorce días, estaba en condiciones de jugar sin ningún tipo de esfuerzo cualquier partida del libro de memoria, o, como se dice técnicamente, a ciegas. Recién ahí entendí el alivio inmenso que había conquistado con ese robo insolente. Porque de repente tenía una actividad, una sin sentido, inútil, si usted quiere, pero al fin y al cabo una que anulaba la nada a mi alrededor; con las ciento cincuenta partidas magistrales, poseía un arma excelente contra la sofocante monotonía del espacio y el tiempo. Para mantener intacto el estímulo de esta nueva ocupación, a partir de ese momento dividí mis días del siguiente modo: dos partidas a la mañana, dos partidas a la tarde y a la noche un rápido repaso. Y así mis días, que se alargaban sin forma como una gelatina, estaban llenos, estaba ocupado sin cansarme, porque el ajedrez posee esa maravillosa ventaja de no agotar el cerebro; más bien agudiza su agilidad y elasticidad, a través de la concentración de todas las energías mentales en un campo estrictamente limitado, incluso hasta con el rendimiento mental más agotador. Poco a poco, la reconstrucción de las partidas magistrales, al principio de forma meramente mecánica, despertó en mí una inclinación artística placentera. Aprendí a entender los matices, los trucos y las sutilezas del ataque y de la defensa, comprendí la técnica de la previsión, la combinación y el contraataque. Enseguida reconocí la impronta personal de cada uno de los campeones por su manejo individual, tan infalible, como se puede reconocer a un poeta a través de la lectura de unos pocos versos. Lo que empezó como una simple actividad para pasar el tiempo se volvió un placer, y las personalidades de los grandes estrategas del ajedrez, como Alekhine, Lasker, Bogoljubov, Tartakower, se convirtieron en queridos compañeros en mi soledad. Una variación infinita animaba a diario la muda celda y precisamente la regularidad de mis ejercicios le devolvió a mi capacidad intelectual la ya perturbada seguridad; sentí mi cerebro renovado y, a través de la constante disciplina mental, hasta incluso revitalizado. Fue sobre todo en los interrogatorios donde comprobé que pensaba de manera más clara y concisa; de forma inconsciente, me había perfeccionado sobre el tablero de ajedrez en la defensa contra falsas amenazas y rodeos encubiertos, y a partir de ese momento no mostré ninguna debilidad más en los interrogatorios. Incluso me pareció que la gente de la Gestapo me había empezado a mirar con cierto respeto. Quizás en privado se preguntaban, viendo colapsar a todos los demás, de qué fuentes secretas sacaba yo las fuerzas para tal inquebrantable resistencia.

»Ese período de felicidad, en el que día a día jugué las ciento cincuenta partidas de aquel libro de manera sistemática, duró alrededor de dos meses y medio, o tres meses. Después llegué de forma inesperada a un punto muerto. De repente, estaba parado de nuevo frente a la nada. Ya había jugado cada una de las partidas unas veinte o treinta veces, se había perdido el encanto de la novedad, de la sorpresa, y su anterior poder tan seductor, tan estimulante, se había agotado. ¿Qué sentido tenía jugar una y otra vez las partidas que ya sabía de memoria, jugada por jugada? Apenas había hecho la primera apertura, su desarrollo se ejecutaba casi de manera automática en mí, no existían más sorpresas, ni tensiones, ni problemas. Para poder entretenerme con algo, para crearme el esfuerzo y la distracción intelectuales que ya se habían tornado indispensables, hubiera necesitado en realidad otro libro con otras partidas. Pero como esto era por completo imposible, solo quedaba un camino en esa extraña ruta: tenía que inventar partidas nuevas en lugar de jugar las viejas. Tenía que intentar jugar conmigo mismo, o más bien contra mí mismo.

»No sé hasta qué punto habrá reflexionado usted sobre la situación intelectual en este tipo de juego. Pero ya la fugaz reflexión debería alcanzar para dejar en claro que, en el caso del ajedrez, al ser un juego puramente mental, ajeno al azar, significaría una aberración lógica querer jugar contra uno mismo. De hecho, lo atractivo del ajedrez consiste en que una estrategia se desarrolla de distintas maneras en dos cerebros diferentes, que en esta guerra mental el negro desconoce las maniobras del blanco y busca adivinarlas y bloquearlas de manera constante, mientras que el blanco, a su vez, aspira a adelantarse a las intenciones ocultas del negro y defenderse. Ahora bien, en el caso de que una misma persona representase el negro y el blanco, entonces se produciría la absurda situación de que un mismo cerebro debería saber algo y al mismo tiempo ignorarlo: jugando como contrincante blanco se vería obligado a olvidar lo que un minuto antes había querido e intentado como contrincante negro. Tal pensamiento doble presupone en realidad una absoluta división de la conciencia, una capacidad de prender y apagar el funcionamiento del cerebro como si fuera un aparato mecánico. En otras palabras, querer jugar contra uno mismo al ajedrez es tan paradójico como querer saltar sobre la propia sombra.

»Pero, para ser breve, intenté durante meses esta imposibilidad, esta aberración, en medio de mi desesperación. No me quedaba otra opción que este absurdo para evitar caer en la pura locura o en un completo marasmo intelectual. Por mi terrible situación, me vi obligado a, por lo menos, intentar dividirme en un "yo" negro y un "yo" blanco, para no ser aplastado por la horrible nada que me rodeaba.

El doctor B. se reclinó en su sillón y cerró los ojos por un minuto. Era como si quisiera reprimir a la fuerza un recuerdo perturbador. Una vez más se produjo ese extraño tic en la comisura izquierda de su boca, que no sabía dominar. Luego se enderezó un poco en su sillón.

—Bueno, espero haberle explicado todo hasta este punto de una manera bastante comprensible. Pero, lamentablemente, no estoy para nada seguro de poder explicarle lo que sigue con la misma claridad que antes. Porque esta nueva ocupación requería una absoluta tensión de mi cerebro, que tornaba imposible todo autocontrol en simultáneo. Ya le había comentado que para mí era absurdo querer jugar al ajedrez contra uno mismo, pero incluso esta aberración hubiera significado una mínima chance teniendo un tablero de ajedrez, porque la realidad del tablero sigue permitiendo una cierta distancia, una extraterritorialidad material. Frente a un verdadero tablero con piezas reales, uno puede tomarse el tiempo para reflexionar, se puede poner físicamente ya sea de un lado o del otro de la mesa, y así considerar la situación tanto desde el punto de vista de las piezas negras como desde el punto de vista de las piezas blancas. Sin embargo, yo estaba obligado a proyectar estas luchas contra mí mismo, o, si usted lo prefiere, conmigo mismo, en un espacio imaginario; tenía que retener con claridad en mi conciencia la respectiva posición de cada pieza en las sesenta y cuatro casillas y, además, no solo debía calcular la disposición en cada momento, sino también los posibles movimientos subsiguientes de ambos contrincantes. Sé cuán absurdo puede sonar todo esto, pero concretamente tenía que imaginarme cada uno de esos movimientos de forma doble y triple, no, de seis, ocho, doce maneras, para mi yo negro y mi yo blanco, siempre anticipándome cuatro o cinco jugadas. En este juego, y perdone que lo someta a reflexionar sobre esta locura, yo debía precalcular cuatro o cinco movimientos como jugador blanco en el espacio abstracto de la fantasía y otros tantos como jugador negro. Es decir, debía combinar con anticipación todas las situaciones que se iban desarrollando, por así decirlo, con dos cerebros: el cerebro blanco y el cerebro negro. Pero incluso esta división de mí mismo no era lo más peligroso de mi extravagante experimento, sino que, al tener que inventarme por mi cuenta las partidas, de repente podía perder los estribos y tocar fondo. La mera reconstrucción de las partidas magistrales que había practicado las semanas anteriores no había sido, en fin, más que un ejercicio de reproducción, una simple recapitulación de una materia ya existente, y como tal no era más agotadora que haber aprendido de memoria poemas o los artículos de una ley. Era una actividad delimitada y disciplinada, y por eso un excelente *exercitium mentalis.* Las dos partidas de la mañana y las dos de la tarde representaban un trabajo determinado que llevaba a cabo sin sobreexcitarme; remplazaban una ocupación normal y, además, si en el transcurso de una partida me equivocaba o no sabía cómo seguir, encontraba en el libro un apoyo. Solo por eso había sido esta actividad tan beneficiosa y más bien tranquilizadora de mis nervios agotados, porque al recrear partidas ajenas no me incluía a mí mismo en el juego; me daba igual si ganaba el negro o el blanco, ya que seguían siendo Alekhine o Bogoljubov quienes luchaban por el trofeo del campeón, mientras que mi propia persona, mi razón y mi alma disfrutaban solo como espectadoras, como conocedoras de las partidas y de las bellezas de cada una de ellas. Pero, desde el momento en el que intenté jugar contra mí mismo, empecé a desafiarme de un modo inconsciente. Cada uno de mis dos yo, mi yo negro y mi yo blanco, tenía que competir contra el otro, y cada uno de ellos, por su parte, cayó en una ambición, en una impaciencia por derrotar, por ganar. Como yo negro, temblaba de ansiedad después de cada movimiento por ver lo que haría el yo blanco. Cada uno de mis yo se exaltaba cuando el otro se equivocaba y al mismo tiempo se enfurecía por su propia desgracia.

»Todo esto parece no tener sentido, y de hecho esta esquizofrenia artificial, esta división de la consciencia con su dosis de excitación peligrosa sería impensable en una persona normal dentro de un estado normal. Pero no se olvide de que yo había sido arrancado con violencia de todo tipo de normalidad, era un prisionero que había sido encerrado inocentemente y torturado con la soledad de manera refinada durante meses. Era un hombre que hacía rato quería descargar la ira acumulada contra cualquier cosa. Y como no tenía nada más para hacer que jugar este juego insensato contra mí mismo, mi ira y mi afán de venganza se abalanzaron sobre el juego con fanatismo. Algo dentro mío quería tener razón, pero solo podía combatir contra ese otro yo en mi interior. Así, durante el juego, se apoderaba de mí una excitación casi maníaca. Al principio, pensaba tranquilo y sereno, hacía pausas entre una y otra partida para recuperarme del esfuerzo, pero poco a poco mis nervios alterados ya no me permitían ninguna espera más. Apenas mi yo blanco realizaba un movimiento, mi yo negro se abalanzaba febrilmente; apenas terminaba una partida, me desafiaba a jugar otra, porque cada vez que uno de mis dos yo del ajedrez era derrotado por el otro, de inmediato exigía revancha. Nunca voy a poder aproximarme a la cifra exacta de partidas que jugué contra mí mismo en mi celda durante esos últimos meses a raíz de esta insaciabilidad demente; quizá mil, quizá más. Era una obsesión de la que no me podía librar; desde temprano hasta la noche no pensaba en nada más que en peones y alfiles, y en la torre y el rey, y en a y b y c y, en el jaque mate y el enroque, con todo mi ser y mi sentir me hundía sobre el tablero a cuadros. La felicidad por el juego se había convertido en una pasión por el juego, y la pasión, en una adicción por el juego, una manía, una ira frenética que se había apoderado no solo de mis horas de vigilia, sino poco a poco también de mis horas de sueño.

Solo podía pensar en el ajedrez, en movimientos y problemas de ajedrez. A veces, me despertaba con la frente transpirada y me daba cuenta de que hasta dormido había seguido jugando de manera inconsciente, y si soñaba con personas, las soñaba exclusivamente moviéndose como el alfil, la torre, avanzando o retrocediendo como el salto del caballo. Incluso cuando me llamaban a declarar, no podía pensar de forma clara en mis responsabilidades; tengo la sensación de que en los últimos interrogatorios me expresé de manera bastante confusa, porque quienes tomaban mi declaración a veces se miraban sorprendidos. Pero en realidad, mientras ellos preguntaban y deliberaban, yo solo estaba esperando, en mi desafortunada ambición, que me volvieran a llevar a mi celda para proseguir con mi juego, mi demente juego, para jugar una nueva partida, y otra más, y otra. Cada interrupción me resultaba perturbadora; incluso los quince minutos en los que el guardia ordenaba mi celda o los dos minutos que tardaba en traerme la comida torturaban mi febril impaciencia. A veces, el plato con la comida permanecía intacto durante la noche, porque por el juego me había olvidado de comer. Lo único que sentía físicamente era una espantosa sed, debe haber sido la fiebre de ese constante pensar y jugar; me terminaba la botella en dos tragos y atormentaba al guardia por más, y sin embargo al minuto siguiente volvía a sentir la boca seca. Al final, mi excitación por el juego —y no hacía nada más que jugar de la mañana a la noche— se intensificó a tal grado que no lograba quedarme sentado tranquilo ni por un solo segundo; de manera ininterrumpida, iba y venía mientras reflexionaba sobre las partidas, cada vez más rápido y más rápido y más rápido, iba y venía, iba y venía, iba y venía, y siempre más apasionado cuanto más me aproximaba al desenlace de la partida. La ambición de ganar, de triunfar, de derrotarme a mí mismo se fue tornando poco a poco en una especie de furia, e incluso temblaba de impaciencia, porque siempre uno de mis yo del ajedrez era más lento que el otro. Uno impulsaba al otro, y por más ridículo que pueda parecerle, empecé a insultarme diciendo "¡más rápido, más rápido!" o "¡hacia delante, hacia delante!", cuando mi propio yo no le respondía lo suficientemente rápido a mi otro yo. Claramente, hoy soy más consciente de que ese estado se trataba de una forma bastante patológica de la sobreexcitación, para la que no encuentro otra denominación más que intoxicación por ajedrez, desconocida hasta ahora por la medicina. Al final, esta obsesión monomaníaca empezó a atacar no solo a mi cerebro, sino también a todo mi cuerpo. Adelgacé, dormía inquieto y perturbado, cada vez que me despertaba me costaba un esfuerzo especial abrir los pesados párpados; a veces, me sentía tan débil que, cuando agarraba un vaso, lo acercaba con dificultad a los labios, de tanto que me temblaban las manos. Sin embargo, no bien empezaba el juego, me invadía una fuerza salvaje: iba y venía, iba y venía, con los puños cerrados, y a veces escuchaba mi propia voz como a través de una niebla roja gritándome a mí mismo, entre roncamente y de mala manera, "¡jaque!" o "¡jaque mate!".

»No puedo contar cómo ese espantoso e indescriptible estado se tornó en crisis. Todo lo que sé es que una mañana me desperté y fue un despertar distinto que el de costumbre. Mi cuerpo estaba, por así decirlo, como desprendido de mí, descansaba suave y muy cómodamente. Un fuerte cansancio denso, como no lo había sentido desde hacía meses, se había apoderado de mis párpados, y estaba posado de manera tan cálida y benéfica que al principio no podía decidirme si abrir los ojos o no. Llevaba varios minutos despierto, tirado en la cama, y seguía disfrutando de ese pesado sopor, ese estar tirado indiferente con los sentidos adormecidos. De repente, me pareció escuchar voces a mis espaldas, voces vivas y humanas, voces que susurraban y pronunciaban palabras, y usted no se puede imaginar mi entusiasmo, ya que, desde hacía meses, desde hacía casi un año que no escuchaba otras palabras más que las duras, afiladas y malvadas de mis inquisidores. "¡Estás soñando!", me dije. "¡Estás soñando! ¡De ninguna manera abras los ojos! Que este sueño siga, si no vas a volver a ver la celda maldita a tu alrededor, la silla y el lavabo y la mesa y el empapelado con el mismo dibujo. Estás soñando, ¡no te despiertes!".

»Pero prevaleció la curiosidad. Abrí lenta y cuidadosamente los párpados. Y milagro: me encontraba en otra habitación, una habitación más ancha, más amplia que la del hotel. Una ventana sin rejas dejaba entrar la luz con libertad y tenía una vista hacia los árboles, verdes, mecidos por el viento, en lugar del rígido muro cortafuegos. Las paredes blancas y lisas brillaban, el techo blanco y alto se extendía sobre mí. En efecto, estaba en otra nueva y extraña cama, y efectivamente no era un sueño, sino que detrás de mí susurraban voces humanas. De la sorpresa, me debo haber movido con brusquedad de manera involuntaria, porque escuché unos pasos acercándose hacia mí desde atrás. Una mujer se aproximó con movimientos suaves, una mujer con una cofia blanca en la cabeza, una asistenta, una enfermera. Me estremeció un escalofrío de entusiasmo: hacía un año que no veía a una mujer. Miré fijo a la dulce figura y mi mirada debió haber sido salvaje, extática, porque la mujer que se había acercado me tranquilizó de inmediato, diciéndome: "¡Tranquilo! ¡Quédese tranquilo!". Pero yo solo escuchaba su voz. ¿Acaso no era una persona la que me estaba hablando? ¿Realmente existía en el mundo una persona que no me interrogaba ni me torturaba? Además —¡milagro incomprensible!—, era una suave, cálida y casi dulce voz de mujer. Observé vorazmente su boca, porque en ese año infernal me había parecido imposible que una persona pudiera hablarle a otra con amabilidad. Me sonrió —sí, me sonrió, seguía habiendo personas que podían sonreír con gentileza—, luego posó su dedo sobre sus labios en señal de advertencia y se alejó en silencio. Sin embargo, no pude obedecerle, porque todavía no me había cansado de observar ese milagro. Intenté levantarme con vehemencia de la cama para seguirla con la mirada, para seguir observando el milagro de un ser humano bondadoso. Pero cuando me quise apoyar en el borde de la cama, no lo logré. Donde se suponía que estaba mi mano derecha con sus dedos y articulaciones, sentí algo extraño, un gran bulto blanco, al parecer un vendaje extenso. Primero observé sin comprender qué era esa cosa blanca, voluminosa, extraña en mi mano, pero después empecé a darme cuenta lentamente de dónde estaba y a reflexionar sobre lo que podía haberme pasado. Alguien debía haberme herido, o yo mismo me había lastimado la mano. Estaba en un hospital.

»Al mediodía vino un médico, un señor viejo y amable. Conocía el apellido de mi familia y, como mencionó con mucho respeto a mi tío, el médico de cabecera del emperador, me invadió de repente la sensación de que tenía buenas intenciones. En el transcurso del día, me hizo todo tipo de preguntas, sobre todo una que me sorprendió: si yo era matemático o químico. Le dije que no. "Es curioso", murmuró. "Mientras deliraba de fiebre, usted no paró de gritar fórmulas extrañas, como c3, c4. Nadie entendía lo que significaban".

»Pregunté qué me había pasado. Él me sonrió de una manera extraña. "Nada grave. Una irritación aguda de los nervios". Y después de mirar a su alrededor con cuidado, agregó en voz baja: "Al fin y al cabo, una irritación bastante comprensible. Desde el 13 de marzo, ¿no es cierto?". Asentí con la cabeza. "No me extraña con ese método", murmuró. "No es el primero. Pero no se preocupe". Por el modo tranquilizador en que me lo susurró, y gracias a su mirada apaciguadora, sabía que estaba en buenas manos.

»Dos días después, el amable doctor me explicó con bastante franqueza lo que había sucedido. El guardia me había escuchado gritar fuerte en mi celda y en principio creyó que alguien había entrado y que yo estaba peleando con esa persona. Pero apenas se asomó por la puerta, me abalancé sobre él gritándole feroces exclamaciones que sonaban como: "¡Mové de una buena vez, desgraciado, cagón!", intentando agarrarlo por la garganta, hasta que finalmente lo ataqué de un modo tan salvaje que tuvo que pedir ayuda. Cuando me arrastraron en ese estado rabioso a la revisión médica, logré soltarme de repente, me abalancé contra la ventana del pasillo, rompí el vidrio y me corté la mano. Todavía puede ver acá la profunda cicatriz. Según el médico, las primeras noches en el hospital las había pasado en una especie de fiebre cerebral, pero ahora creía que mi capacidad sensorial se había recuperado por completo. "Por supuesto", agregó en voz baja, "que será mejor que no le reporte esto a los señores, porque si no lo van a meter de nuevo ahí. Confíe en mí, voy a dar lo mejor de mí".

»Escapa a mis conocimientos lo que este médico servicial les informó sobre mi estado a mis torturadores. De todos modos, consiguió lo que se había propuesto: mi liberación. Puede que haya declarado que yo estaba incapacitado, o quizá para ese entonces ya le resultaba insignificante a la Gestapo, porque mientras estaba allí Hitler ya había ocupado Checoslovaquia y con eso quedaba resuelto el caso Austria. Por eso solo necesité firmar el compromiso de abandonar nuestra patria en un plazo de catorce días, y esos catorce días estuvieron tan llenos de los miles de formalidades que hoy en día necesita para salir del país toda persona que haya sido considerada alguna vez como ciudadana del mundo —documentos militares, policíacos, impuestos, pasaporte, visa, certificado de salud— que no tuve tiempo de reflexionar mucho sobre lo ocurrido. Pareciera que en nuestro cerebro obran fuerzas misteriosamente reguladoras, que de forma automática reprimen todo lo que puede llegar a ser doloroso y peligroso para el alma, porque siempre que quiero acordarme de mi tiempo en la celda, se apaga la luz en mi cerebro, por así decirlo. Recién después de semanas y semanas, en realidad recién acá en el barco, volví a tener el valor de reflexionar sobre lo que me había pasado.

»Ahora usted comprenderá por qué me comporté de una forma tan grosera y probablemente incomprensible ante sus amigos. Solo estaba pasando de casualidad por el salón de fumadores cuando los vi sentados frente a un tablero de ajedrez; de manera involuntaria, me quedé petrificado a raíz de la sorpresa y el miedo. Me había olvidado por completo de que se podía jugar al ajedrez frente a un tablero verdadero y con piezas reales; me había olvidado de que en este juego se enfrentaban dos personas absolutamente diferentes y de carne y hueso. En realidad, necesité un par de minutos para acordarme de que lo que esos jugadores hacían allí era básicamente jugar el juego que yo había intentado jugar contra mí mismo durante los meses de mi desamparo. Las cifras que yo había utilizado durante mis furiosos ejercicios mentales eran solo símbolos que habían reemplazado a esas piezas de marfil. Mi sorpresa al darme cuenta de que ese movimiento de las piezas sobre el tablero era lo mismo que sucedía en el fantasear imaginario de mis pensamientos se puede parecer a la sorpresa de un astrónomo que calcula sobre el papel la existencia de un nuevo planeta con los métodos más complejos y después lo ve efectivamente en el cielo como una blanca estrella clara, sustancial. Como hipnotizado por un magnetismo, me quedé mirando el tablero y vi allí mis esquemas, al caballo, a la torre, al rey, a la reina y a los peones como piezas reales, hechas de madera. Para poder abarcar con la mirada las posiciones de la partida, tuve que transformarlas automáticamente desde mi mundo abstracto de cifras al de las piezas movibles. Poco a poco, me invadió la curiosidad de observar un juego real entre dos contrincantes. Y ahí fue que ocurrió el vergonzoso incidente en el que yo, olvidándome de toda educación, me entrometí en su partida. Pero ese movimiento equivocado de su amigo me afectó como una puñalada en el corazón. Detenerlo fue un acto puramente instintivo, un movimiento por completo impulsivo, como uno, sin reflexionarlo, agarraría a un niño que se inclina sobre una baranda. Recién después me di cuenta de la bruta insolencia de la que me declaro culpable por mi intromisión.

Me apuré para asegurarle al doctor B. que todos nosotros nos habíamos alegrado mucho de que gracias a esa casualidad lo hubiésemos podido conocer y que, después de todo lo que me había confesado, se había duplicado mi interés en poder observarlo jugar mañana en el improvisado torneo. El doctor B. hizo un movimiento inquieto.

—No, en verdad, no espere mucho de mí. Eso no será más que una prueba para mí… una prueba de si… de si soy realmente capaz de jugar una partida normal de ajedrez, una partida sobre un tablero de verdad, con piezas tangibles y un contrincante vivo… porque sigo dudando de si aquellas cien o quizá mil partidas que jugué eran auténticas partidas de ajedrez o si eran una mera especie de ajedrez de sueños, un juego de la fiebre, un ajedrez febril en el que, como siempre sucede en los sueños, se saltean las etapas intermedias. Espero que usted no me pida realmente que me atreva a hacerle frente a un campeón de ajedrez, y menos que menos al número uno del mundo. Lo que me interesa e intriga es nada más que la curiosidad retrospectiva de comprobar si lo que pasó en mi celda era ajedrez o solo locura, si estaba justo al borde del peligroso abismo o ya me había caído en él: solo eso, nada más que eso.

En ese momento, resonó la campana, desde el otro extremo del barco, que indicaba la hora de la cena. Debimos haber estado hablando casi dos horas. El doctor B. me había relatado todo con mucho más detalle que lo que yo cuento aquí como resumen. Le agradecí cordialmente y me despedí. Pero no había terminado de recorrer toda la cubierta cuando se me acercó y agregó visiblemente nervioso, y hasta un poco tartamudo:

—¡Una cosa más! Por favor, avíseles de antemano a los señores que voy a jugar esta única partida, para que luego no parezca descortés... No debe ser más que el punto final de una cuenta vieja; un cierre definitivo, y no un nuevo comienzo... No desearía volver a caer una segunda vez en esa fiebre apasionada por el juego, de la que solo me puedo espantar cuando la recuerdo... y además... además el doctor ya me había advertido... explícitamente advertido... Toda persona que haya sufrido alguna vez una manía permanece siempre expuesta, y en el caso de una intoxicación por ajedrez —aunque ya curada—, mejor se debería permanecer alejado del tablero... Usted entenderá. Solo esta partida de prueba para mí y nada más.

Al día siguiente, estábamos reunidos en el salón de fumadores puntualmente a la hora acordada, a las tres. Nuestro grupo se había agrandado por la presencia de otros dos aficionados al juego de reyes, dos oficiales de abordo que habían pedido licencia para poder ver el torneo. Ni siquiera Czentovic se hizo esperar, como el día anterior, y tras la obligada elección de los colores, empezó la memorable partida de ese *homo obscurissimus* contra el famoso campeón mundial. Lamento que esta partida haya sido jugada solo ante espectadores absolutamente incompetentes y que su desarrollo se haya perdido para los anales del arte del ajedrez, como se han perdido para la música las improvisaciones en piano realizadas por Beethoven. En los días siguientes, intentamos reconstruir la partida de memoria, pero fue en vano; es probable que, durante el juego, todos hayamos prestado atención con demasiada pasión e interés solo a los dos jugadores, en lugar de concentrarnos en el desarrollo de la partida. Porque el contraste intelectual entre el comportamiento de ambos contrincantes se había tornado en una plasticidad corporal. Czentovic, el rutinario, permaneció todo el tiempo inmóvil como un bloque, los ojos clavados severa y fijamente sobre el tablero. La reflexión parecía ser para él un esfuerzo casi físico que obligaba a todos sus órganos a tener la máxima concentración. En cambio, el doctor B. se movía absolutamente tranquilo y despreocupado. Como un auténtico diletante —en el mejor sentido de la palabra— que juega el juego solo por el "deleitante" placer, el doctor B. dejó su cuerpo relajado por completo; durante las primeras pausas nos explicaba, se prendía un cigarrillo con ligereza, y solo cuando le tocaba mover observaba fijo el tablero durante un minuto. Siempre daba la impresión de que había anticipado el movimiento del contrincante.

Los movimientos obligados de apertura sucedieron bastante rápido. Recién en la séptima u octava jugada, dio la impresión de que la partida se desarrollaba como una especie de plan determinado. Czentovic prolongaba sus pausas de reflexión, por lo que pudimos deducir que había empezado la verdadera lucha por la ventaja. Pero, para hacerle honor a la verdad, el desarrollo paulatino, como en toda verdadera partida de un torneo, significaba para nosotros aficionados cierta desilusión... Ya que cuanto más se entrelazaban las figuras formando un extraño diseño, más incomprensible nos resultaba la verdadera situación. No podíamos siquiera percibir lo que ninguno de los contrincantes pretendía hacer, ni cuál de los dos estaba realmente en ventaja. Solo veíamos que algunas piezas se movían como palancas para conquistar el frente enemigo, pero dado que estos jugadores siempre combinaban de antemano varios movimientos, no lográbamos entender el objetivo estratégico de ese ir y venir. A eso se le fue sumando, poco a poco, un cansancio devastador, que se debía sobre todo a las interminables pausas de Czentovic, que incluso habían empezado a irritar de manera visible a nuestro amigo. Observé intranquilo que, a medida que se extendía la partida, él se empezaba a reacomodar inquieto en su asiento, ya encendiendo un cigarrillo tras otro por nervios, ya agarrando un lápiz para anotar algo. Después pidió un agua mineral que vació a toda prisa de un trago, vaso tras vaso; era evidente que él podía calcular combinaciones de jugadas cien veces más rápido que Czentovic. Cada vez que este se decidía —tras reflexionar durante mucho tiempo— a mover una pieza con su mano pesada, nuestro amigo se limitaba a sonreír, como quien ve que se cumple algo esperado ya hace tiempo, y contraatacaba de inmediato. Con su mente, que trabajaba con rapidez, debió haber calculado de antemano todas las posibilidades del contrincante; cuanto más tardaba Czentovic en decidirse, más crecía su impaciencia, y durante la espera se dibujaba en su rostro una expresión de molestia casi hostil mientras apretaba sus labios. Pero Czentovic no se dejaba presionar de ninguna manera. Reflexionaba con terquedad y en silencio, y hacía pausas cada vez más largas a medida que el tablero se despojaba de las piezas. En el movimiento número cuarenta y dos, luego de dos horas y cuarenta y cinco minutos, todos seguíamos sentados alrededor de la mesa del torneo, cansados y casi sin prestar atención. Uno de los oficiales ya se había alejado; otra persona había agarrado un libro para leer y solo levantaba la mirada cada vez que cambiaba algo en el juego. Pero entonces, a partir de un movimiento de Czentovic, ocurrió de repente algo inesperado. No bien el doctor B. observó que Czentovic había agarrado el caballo para adelantarlo, se agazapó como un gato antes de saltar. Todo su cuerpo empezó a temblar, y apenas Czentovic movió el caballo, él adelantó enérgicamente la dama y gritó de manera triunfante:

—¡Por fin! ¡Terminado!

Dicho esto, se reclinó, se cruzó de brazos sobre el pecho y observó a Czentovic con una mirada desafiante. Una luz ardiente brilló de repente en sus pupilas.

Todos nos inclinamos involuntariamente sobre el tablero para comprender el movimiento anunciado de una manera tan triunfal. A primera vista, no se veía ninguna amenaza directa. La declaración de nuestro amigo debió referirse entonces a un desarrollo que nosotros, aficionados con poca capacidad de reflexión sobre el juego, no sabíamos calcular todavía. Czentovic era el único entre nosotros que había permanecido inmóvil ante el desafiante anuncio. Se veía tan imperturbable como si no hubiese escuchado para nada el ofensivo "terminado". No pasó nada. Como todos estábamos conteniendo la respiración sin darnos cuenta, de repente se escuchaba el tictac del reloj que se había colocado sobre la mesa para medir el tiempo de cada jugada. Pasaron tres minutos, siete minutos, ocho minutos... Czentovic no se movía, pero a mí me parecía que sus gruesos orificios nasales se agrandaban cada vez más debido a un esfuerzo mental. Esa espera silenciosa le resultaba tan insoportable a nuestro amigo como a nosotros mismos. Se levantó de un golpe y empezó a ir y venir por el salón, primero con lentitud y después un poco más rápido, y cada vez a más velocidad. Todos lo mirábamos un poco asombrados, pero nadie más preocupado que yo, porque me llamó la atención que sus pasos, a pesar de toda la vehemencia en ese ir y venir, siempre se medían en el mismo espacio del salón. Era como si él, en medio del salón vacío, chocase contra una barrera invisible que lo obligaba a retroceder. Y, espantado, reconocí que ese ir y venir estaba reproduciendo de manera inconsciente la medida de su antigua habitación; precisamente así debió haber recorrido su celda de acá para allá en los meses de su reclusión, como un animal encerrado en una jaula, precisamente así, con las manos tensas y los hombros encogidos. Así y solo así debió haber ido y venido unas mil veces, con su mirada fija e incluso febril, con las luces rojas propias de la demencia. Sin embargo, su capacidad para pensar parecía estar por completo intacta, porque de vez en cuando se dirigía impaciente hacia la mesa para ver si Czentovic se había decidido. Pero pasaron nueve, diez minutos, hasta que por fin sucedió algo que ninguno de nosotros había esperado. Czentovic levantó con lentitud su mano pesada, que hasta entonces estaba apoyada inmóvil sobre la mesa. Todos mirábamos atentos esperando su decisión. Pero él no hizo ningún movimiento, sino que con la palma de la mano removió todas las piezas del tablero, con un gesto lento pero decidido. Recién en ese momento entendimos: Czentovic se había rendido. Había capitulado para no exponerse visiblemente a un jaque mate frente a nosotros. Lo imposible había sucedido: el campeón mundial, el campeón de numerosos torneos, había mostrado la bandera blanca frente a un desconocido, un hombre que no había tocado un tablero de ajedrez en veinte o veinticinco años. ¡Nuestro amigo, el anónimo, el desconocido, había vencido al mejor jugador de ajedrez del mundo en una lucha abierta!

Sin darnos cuenta, y en medio de nuestra emoción, nos fuimos levantando uno después del otro. Cada uno de nosotros tenía la sensación de que alguien debía decir o hacer algo para dar rienda suelta a nuestra gozosa perplejidad. El único que permaneció inmóvil en su tranquilidad fue Czentovic. Recién después de una pausa meditada, levantó la cabeza y le dirigió a nuestro amigo una mirada implacable.

—¿Otra partida? —preguntó.

—Por supuesto —respondió el doctor B. con un entusiasmo incómodo, y se sentó antes de que yo pudiera advertirle de su intención de limitarse a una sola partida. Se volvió a inclinar y empezó a ordenar las piezas con una prisa febril. Las puso con tal excitación que dos veces se le cayó al piso un peón al deslizarse entre sus dedos temblorosos. Mi malestar, ya desde antes desagradable, se había transformado en una especie de temor, en vistas de su anormal excitación. Porque una exaltación visible se había apoderado del hombre que hasta entonces había estado tan silencioso y tranquilo. El tic alrededor de su boca se manifestaba cada vez más seguido y su cuerpo temblaba como si estuviese siendo sacudido por una fiebre repentina.

—No —le susurré en voz baja—. ¡Ahora no! ¡Ya fue bastante por hoy! Esto es demasiado estresante para usted.

—¡Estresante! ¡Ja! —contestó con una risa fuerte y maliciosa—. ¡Hubiera podido jugar diecisiete partidas en este tiempo, en vez de perder el tiempo con esta idiotez! ¡Lo único que me estresa es no quedarme dormido con el ritmo de este juego! ¡Bueno! ¡Empiece de una buena vez!

Estas últimas palabras se las dijo a Czentovic en un tono violento, casi grosero. Este lo observó tranquilo y reservado, pero su mirada era pétrea y fulminante, y tenía algo como de resistencia. De repente, se formó algo nuevo entre los dos jugadores: una tensión peligrosa, un odio apasionado. Ya no eran dos jugadores que querían poner a prueba sus capacidades en el juego, sino dos enemigos que se habían jurado destruirse mutuamente. Czentovic tardó mucho tiempo en hacer el primer movimiento, y me dio la impresión de que esa tardanza era intencional. Era obvio que el estratega experto había descubierto que precisamente con su lentitud cansaba e irritaba a su contrincante. Entonces se tomó no menos de cuatro minutos antes de hacer la más normal y simple de todas las aperturas: adelantar el peón de rey las dos casillas habituales. Nuestro amigo respondió enseguida con su peón de rey, pero Czentovic volvió a hacer una pausa interminable, casi insoportable. Era como cuando cae un rayo poderoso y se espera el trueno con el corazón latiendo fuerte, aunque el trueno no llega y no llega. Reflexionaba callado, lento y —como yo presentía— cada vez más seguro, con una maliciosa lentitud, lo que me dio tiempo suficiente para observar al doctor B. Se acababa de tomar de un solo trago el tercer vaso de agua. Sin quererlo, recordé que él me había contado de su febril sed en la habitación. Todos los síntomas de una excitación anormal se manifestaban con claridad: vi cómo se le humedecía la frente, y la cicatriz de su mano se ponía cada vez más roja y marcada que antes. Pero todavía se dominaba. Recién en la cuarta jugada, en la que Czentovic volvió a reflexionar durante un tiempo interminable, perdió la calma y de repente le gruñó:

—¡Juegue de una buena vez!

Czentovic levantó fríamente la vista.

—Por lo que tengo entendido, habíamos acordado diez minutos por jugada. Por principios, no juego en menor tiempo.

El doctor B. se mordió el labio. Observé que debajo de la mesa se balanceaba su pie intranquilo, cada vez más intranquilo, sobre el piso, y yo mismo comencé a ponerme inexorablemente más y más nervioso por el tormentoso presentimiento de que algo insensato se estaba gestando en él. De hecho, en el octavo movimiento, sucedió un incidente. El doctor B., que seguía esperando cada vez más descontrolado, no pudo aguantar más su tensión y empezó a moverse de un lado para el otro y a tamborilear con sus dedos sobre la mesa de manera involuntaria. Czentovic volvió a levantar una vez más su rústica y pesada cabeza.

—¿Le puedo pedir el favor de que deje de tamborilear? Me molesta. Así no puedo seguir jugando.

—Ja, ja —contestó riéndose brevemente el doctor B.—. Eso se puede ver.

La frente de Czentovic se puso colorada.

—¿Qué quiere decir con eso? —preguntó cortante y enojado.

El doctor B. volvió a reírse breve y maliciosamente.

—Nada. Solo que es obvio que está muy nervioso.

Czentovic se calló y bajó la cabeza. Recién después de siete minutos, hizo su siguiente movimiento, y a ese ritmo letal prosiguió toda la partida. Czentovic aprovechó siempre el máximo de las pausas acordadas antes de decidirse por una jugada, y de un intervalo a otro el comportamiento de nuestro amigo se volvía cada vez más extraño. Daba la impresión de que ya no formaba parte de la partida, sino que estaba ocupado en algo por completo distinto. Dejó de ir y venir alocadamente y se quedó sentado sin moverse de su asiento. Con una mirada fija y casi extraña en el vacío, murmuraba sin parar palabras incomprensibles. Yo sospechaba que se perdía en infinitas combinaciones o se imaginaba partidas completamente diferentes, porque cada vez que Czentovic se decidía a mover, había que traerlo de su ausencia mental de nuevo a la realidad. Entonces, necesitaba siempre unos minutos para volver a ubicarse en la situación. Cada vez más se apoderaba de mí la sospecha de que él ya se había olvidado de Czentovic y de nosotros hacía rato, y que estaba sumergido en esa forma fría de la locura que podría derivar de repente en cualquier tipo de violencia. Y, en efecto, en el decimonoveno movimiento, se desencadenó la crisis. Apenas había movido Czentovic su pieza cuando el doctor B. de repente adelantó su alfil tres casillas, sin mirar bien el tablero, y gritó tan fuerte que todos nos sobresaltamos:

—¡Jaque! ¡Jaque al rey!

De inmediato, todos miramos el tablero esperando descubrir la extraordinaria jugada. Pero después de un minuto, sucedió lo que ninguno de nosotros esperaba: Czentovic levantó muy, muy lentamente su cabeza y dirigió su mirada —algo que nunca había hecho— a nuestro grupo, a cada uno de nosotros. Parecía gozar de algo inconmensurable, porque poco a poco empezó a dibujarse en sus labios una sonrisa de satisfacción y de evidente burla. Recién después de haber disfrutado al máximo de este triunfo, todavía incomprensible para nosotros, se dirigió con una falsa cortesía hacia el grupo:

—Lo lamento, pero no veo ningún jaque. ¿Acaso alguno de los caballeros ve un jaque contra mi rey?

Observamos el tablero y luego dirigimos nuestras miradas, preocupados, al doctor B. La casilla donde se encontraba el rey de Czentovic estaba, de hecho —hasta un niño se podía dar cuenta de eso—, protegida del alfil por un peón, es decir que no era posible hacerle jaque al rey. Empezamos a preocuparnos. Acaso nuestro amigo había movido la pieza, en su aturdimiento, por error, una casilla más o menos de lo que correspondía. Nuestro silencio le llamó la atención al doctor B. y ahora él mismo miraba fijo el tablero cuando empezó a tartamudear ferozmente:

—Pero si el rey debería estar en la casilla f7... Está mal colocado, muy mal... ¡Usted movió mal! Todo está mal en este tablero... El peón debería estar en g5 y no en g4... Esta es una partida completamente distinta... Esta es...

Se interrumpió de repente. Yo lo había agarrado con fuerza del brazo o, mejor dicho, lo había pellizcado tan fuerte que él debió sentirlo en medio de su febril confusión. Se dio vuelta y me observó fijo como un sonámbulo.

—¿Qué... qué quiere usted?

No dije más que "¡remember!" y rocé al mismo tiempo con mi dedo la cicatriz de su mano. Él siguió instintivamente mi movimiento, sus ojos vidriosos se fijaron en la marca roja como la sangre. De repente, empezó a temblar y un escalofrío recorrió todo su cuerpo.

—Por el amor de Dios —susurró con los labios pálidos—. ¿Dije o hice algo absurdo...? ¿Finalmente volví a...?

—No —le contesté en voz baja—. Pero debe interrumpir de inmediato la partida, ya es hora. ¡Acuérdese de lo que le dijo el médico!

El doctor B. se levantó de golpe.

—Le pido disculpas por mi torpe error —dijo con su habitual voz cortés y se inclinó ante Czentovic—. Lo que acabo de decir es claramente un puro disparate. Por supuesto que la partida es suya. —Después se dirigió hacia nosotros—: También les debo unas disculpas a los señores, aunque ya les había advertido que no debían esperar mucho de mí. Disculpen la ridiculez, esta es la última vez que intento jugar al ajedrez.

Se inclinó y se alejó de la misma humilde y misteriosa manera en la que había aparecido aquella primera vez. Ahora solo yo sabía por qué ese hombre nunca más volvería a tocar un tablero de ajedrez, mientras que los otros se habían quedado algo confundidos y con la incierta sensación de haberse salvado, por muy poco, de una situación desagradable y peligrosa.

—*¡Damned fool!* —rezongó McConnor decepcionado.

Czentovic fue el último en levantarse de su asiento y dirigió una última mirada a la partida a medio terminar.

—Qué pena —dijo magnánimamente—. El ataque no estaba tan mal dispuesto. Para ser un *amateur*, este hombre es en verdad inusualmente talentoso.

Acerca de Stefan

STEFAN ZWEIG NACIÓ EN Viena, Austria, el 28 de noviembre de 1881. Criado en una familia judía acomodada, se interesó por la literatura y la escritura ya desde sus primeros años de adolescencia. Estudió en la Universidad de Viena, donde obtuvo un doctorado en filosofía e incursionó en estudios literarios. Hacia 1901 publicó su primer poemario, y tan solo unos años después, publicó su primera novela. A lo largo de su trayectoria literaria escribió novelas, poesías y ensayos, e incluso teatro. A su vez, realizó traducciones y biografías.

Durante la Primera Guerra Mundial, en base a su patriotismo, sirvió al Ejército austrohúngaro con tareas administrativas, ya que no era apto para participar en combate. Escribió varios artículos apoyando el conflicto. Sin embargo, luego de esta experiencia y después de ser testigo de las implicancias de la guerra, cambió radicalmente su posición. En base a ello, escribió *Jeremías*, en la cual establecía sus firmes convicciones antibelicistas, por las que tuvo que exiliarse a Suiza. Durante su exilio pudo publicar su obra y trabajó como corresponsal, escribiendo sobre la realidad bélica desde una perspectiva apartidista y pacifista.

Gracias a las posibilidades adquisitivas de su familia, Zweig pudo viajar mucho. Ya antes de la Guerra había conocido la India, Estados Unidos y muchas ciudades de Europa. Luego, pudo conocer Alemania y la Unión Soviética y, más adelante, viajaría también por América del Sur. Estos viajes marcaron la identidad de las obras que escribiría en protesta a la situación mundial de su época y también fue su oportunidad de conocer poetas y artistas.

Luego de finalizada la guerra, volvió a Austria y se instaló en Salzburgo, donde se casó con Friderike Maria Burger (de quien se divorciaría en 1938), una traductora y periodista. En la mayor parte de su producción se opuso al nacionalismo y propuso temáticas y personajes íntimamente relacionados a los conflictos y al peligro. Desde 1933, con la llegada de Hitler al poder, sus obras fueron prohibidas.

En 1934 tuvo que exiliarse nuevamente —esta vez a Gran Bretaña—, debido a la ocupación nazi en Austria. Una vez comenzada la Segunda Guerra Mundial, su origen judío lo obligó a alejarse de su hogar, si bien nunca fue particularmente religioso ni simpatizante del movimiento sionista. Se trasladó entonces a Francia y luego a América del Norte, donde comenzó sus viajes por el continente. En 1941 se instaló en Brasil con su esposa Lotte Altmann, donde el 22 de febrero de 1942 se suicidaron ambos en vista a la inmensa avanzada del nazismo. Antes de suicidarse escribió cartas a todos sus amigos y conocidos, pidiendo disculpas y explicando las causas de su muerte. En 1944 se conoció su autobiografía: *El mundo de ayer.* Stefan Zweig es considerado uno de los escritores más importantes del período de entreguerras.

Colección Stefan Zweig

1. Una partida de ajedrez [novela]
2. Carta de una desconocida [novela]
3. Los ojos del hermano eterno [novela]
4. El candelabro enterrado [novela]
5. Veinticuatro horas en la vida de una mujer [novela]
6. Mendel el de los libros [novela]
7. Momentos estelares de la humanidad [ensayo]
8. Noche fantástica [cuentos]
9. Ardiente secreto [novela]

Queremos hacer libros
cada vez mejores, para eso
necesitamos saber qué pensás.

Envianos un mail y contanos lo
que pensás sobre este libro
info@edicionesgodot.com.ar

O respondé una breve encuesta:
bitly.com/edgodot

Libro
compuesto en tipografía
Stempel Garamond 13/17
creada por Claude Garamond
en el siglo XVI en Francia,
versión de la fundición Stempel
en 1924. Notas al pie en 10pt
y títulos en Helvetica
Neue en 22pt.

www.edicionesgodot.com.ar
info@edicionesgodot.com.ar
Facebook.com/EdicionesGodot
Twitter.com/EdicionesGodot
Instagram.com/EdicionesGodot
YouTube.com/EdicionesGodot

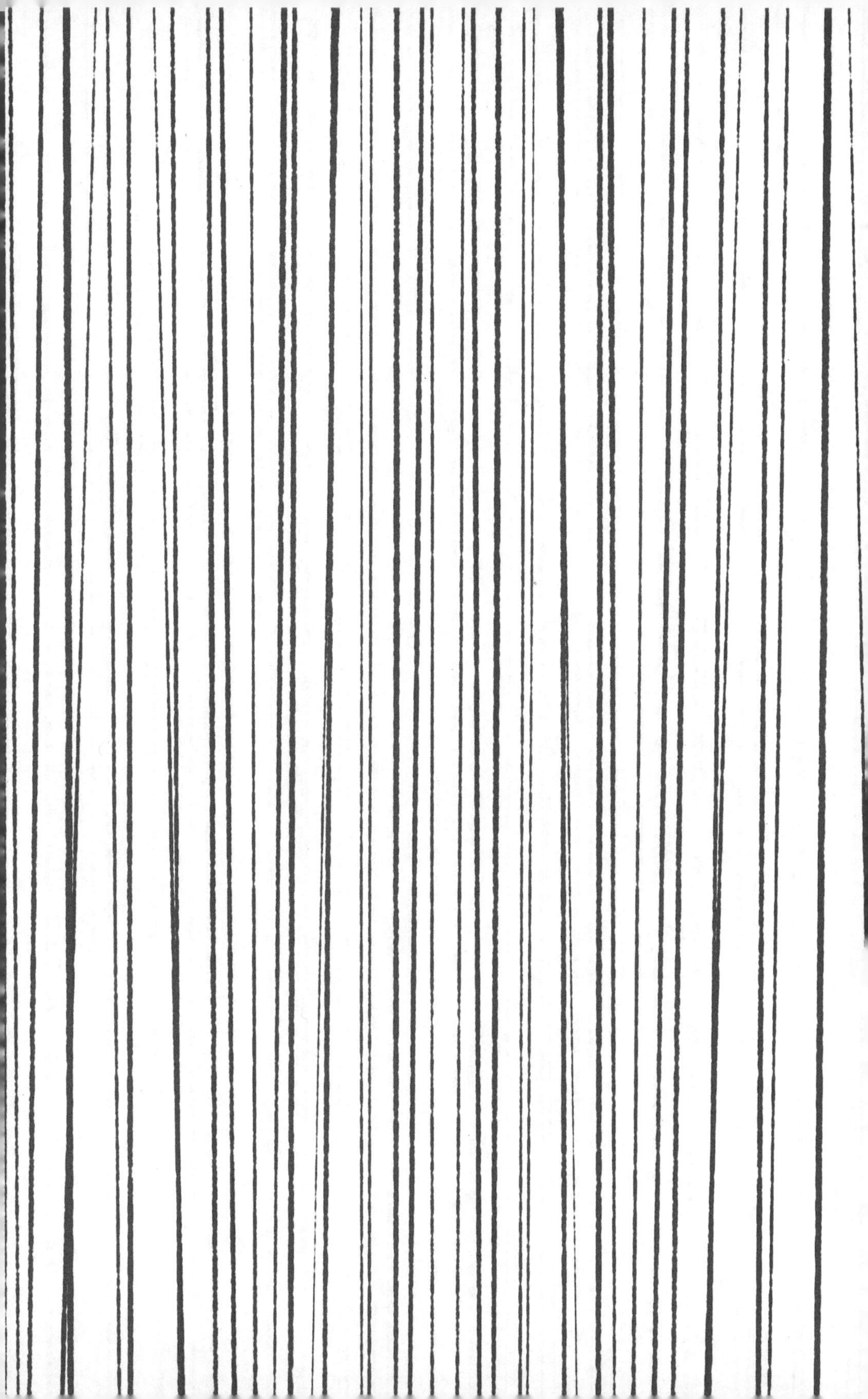

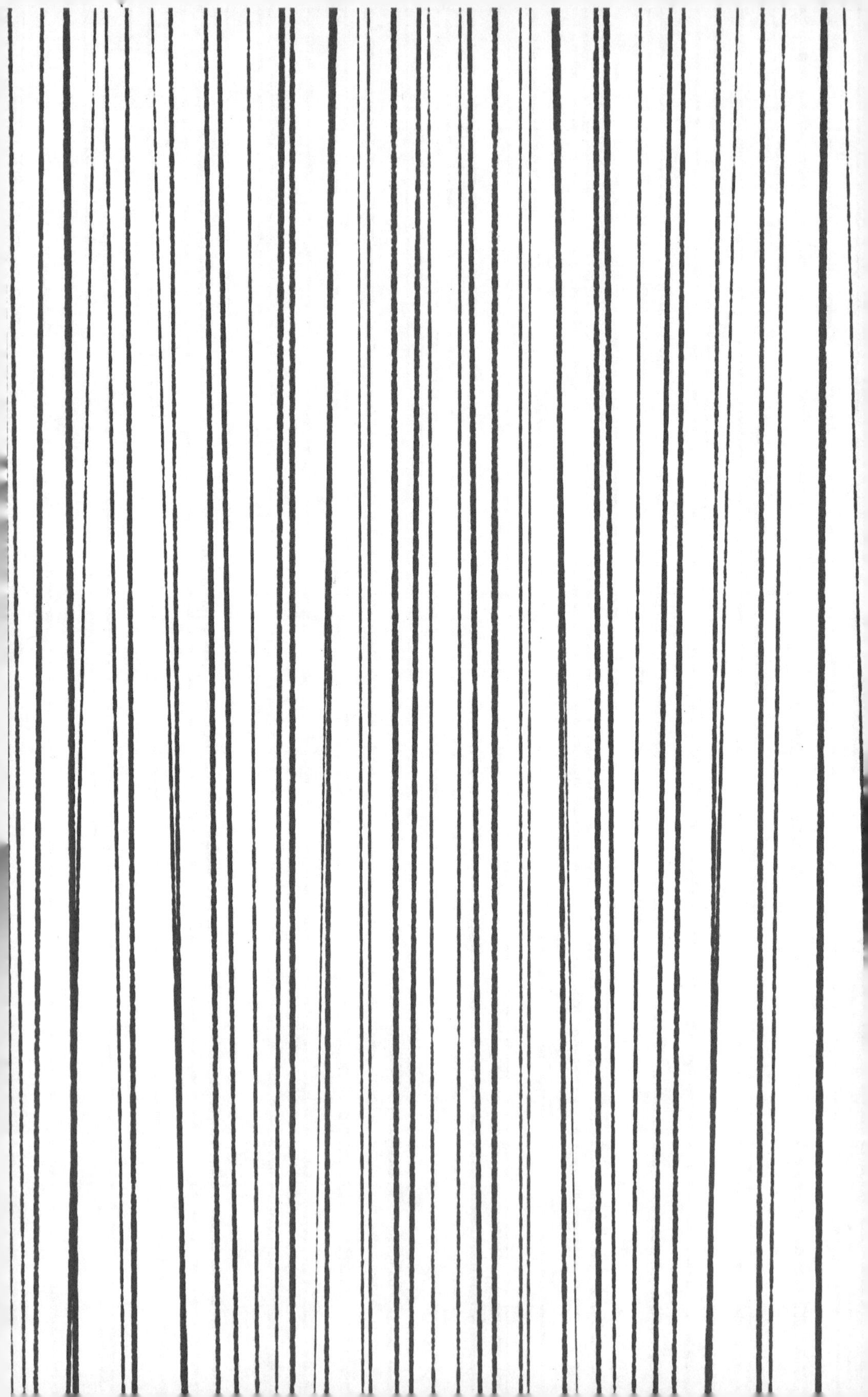

www.ingramcontent.com/pod-product-compliance
Lightning Source LLC
La Vergne TN
LVHW101914220826
846093LV00008B/249

* 9 7 8 9 8 7 8 4 1 3 1 9 8 *